W0309806

Maj Sjöwall/Jürgen Alberts
Kriminelles Doppel

Maj Sjöwall, geboren 1935 in Malmö, studierte Grafik und Journalismus und arbeitete als Redakteurin, Journalistin und Übersetzerin bei verschiedenen schwedischen Verlagen. 1962 heiratete sie den Journalisten Per Wahlöö, mit dem sie zwischen 1965 und 1975 zehn Romane um Martin Beck veröffentlichte, die wegen ihres gesellschaftskritischen Hintergrunds wegweisend für die Kriminalliteratur weltweit waren. Nach dem Tod Wahlöös 1975 widmete sich Maj Sjöwall journalistischen Arbeiten und Übersetzungen aus dem Englischen, Norwegischen und Dänischen, bis sie 1990 mit dem Niederländer Thomas Ross den Krimi *Eine Frau wie Greta Garbo* schrieb.

Jürgen Alberts, geboren 1946 in Kirchen, studierte in Tübingen und Bremen, promovierte mit einer Arbeit über die BILD-Zeitung. Er lebt in seiner Wahlheimat, der Hansestadt Bremen, über die er sowohl eine zehnbändige Polizei-Krimiserie als auch eine juristische Familientrilogie geschrieben hat. Neben seinen historischen Romanen, für die er mehrfach ausgezeichnet wurde, veröffentlicht er zusammen mit seiner Frau Marita Reiseromane und Kriminalgeschichten, zuletzt: *Tod in der Quizshow.* Mehr unter: *www.juergen-alberts.de*

Maj Sjöwall/Jürgen Alberts

Kriminelles Doppel

KBV
KRIMI

Originalausgabe

www.kbv-verlag.de
E-Mail: info@kbv-verlag.de
Telefon: 0 65 93 - 99 86 68
Fax: 0 65 93 - 99 87 01
Umschlagillustration: Ralf Kramp
Redaktion, Satz: Volker Maria Neumann, Köln
Druck: Aalexx Buchproduktion GmbH, Großburgwedel
Printed in Germany
ISBN 978-3940077-64-6

Inhaltsverzeichnis

Erbsensuppe flambiert

1. Kapitel

Er erkannte die Stimme sofort, obwohl beide noch nie einen Satz miteinander gewechselt hatten. Dieses rauchige R, das gar nicht zum Schwedischen passte.

Nur langsam kam das Einchecken voran. Carl-Ulrik Borg hoffte, einen Platz in der Maschine nach Stockholm zu ergattern. Da hieß es dranbleiben, sich nicht abdrängeln lassen. Vor ihm war ein Dreiergrüppchen, angetrunkene Fußballfans, die auch auf der Warteliste standen. Als Einzelner hatte er sicher größere Chancen mitzufliegen. Er kannte die Dame am Check-in-Schalter, die darüber wachte, dass keiner der *Standbys* aus der Reihe tanzte. Und dann hatte sein Handy geklingelt.

Seit mehr als zehn Jahren hatte er auf diesen Anruf gewartet – und doch, als er kam, war Borg zu Tode erschreckt. Es handelte sich nur um drei Sätze, die der Anrufer ihm mitgeteilt hatte. Bevor Borg antworten konnte, war die Leitung schon wieder unterbrochen worden.

Carl-Ulrik Borg musste dem Dreiergrüppchen den Vortritt lassen. Hatten sie die Dame bestochen? Bei der *Scandinavian Airlines* ausgeschlossen.

»Hab ich noch eine Chance?«, fragte Borg.

»Sie doch immer«, lächelte sie, nahm sein Ticket und schob es in den Registrierautomaten.

Borg schaltete sein Handy aus. Woher hatte der Anrufer seine private Handynummer? Der Kreis derjenigen, die darüber verfügten, war sehr begrenzt. Borg würde jeden einzelnen überprüfen. Kaum mehr als zwei Dutzend Leute durften sich glücklich schätzen, Borg auf diesem Handy anrufen zu können.

Die *Nordic Global Enterprises* hätte Borg auch dieses Mobiltelefon, sein drittes, finanziert, aber er hatte darauf bestanden, selbst die Kosten dafür zu tragen. Nur so war garantiert, dass sich seine Rufnummer nicht schneller verbreitete als ein Wüstenwind den Sand vor sich hertrieb.

»Wir müssen miteinander reden, Cubbe!« So hatte der erste Satz gelautet. Cubbe nannten ihn viele. Dieser Spitzname stammte schon aus seiner Schulzeit. Und immer waren es seine Freunde, Mitstreiter oder Gegner gewesen, die ihn weitertrugen. Die ganze Karriereleiter hinauf: Studium in Stockholm und Paris, Promotion in Harvard, Bankkaufmann in Berlin, Zürich und Wien, und dann der in den *homestories* immer wieder gern zitierte rasante Aufstieg bis zum Bankmanager der *NGE.* Spezialgebiet: Aufkauf von Banken im In- und Ausland.

Mit schnellen Schritten ging er durch die Passagierschleuse. Seit Heathrow zum letzten Mal umgebaut worden war, kamen ihm diese schlauchartigen Gänge vor, als hätte Franz Kafka die Bauzeichnungen dafür angefertigt.

Die Sitzung in der Londoner Filialdirektion war zu Borgs Zufriedenheit ausgefallen. Sie hatten einen Schlachtplan entwickelt, welche Banken sie als Nächstes aufkaufen wollten. Auf der ganzen Welt verfügte die *NGE* über Spione, die von internen Geschäftsberichten, Kalkulationsrisiken oder partiellen Cash-Krisen zu berichten wussten. Mit diesem Background konnte Borg seine Lockangebote machen. Seine Tätigkeit habe große Ähnlichkeit mit der Venusfliegenfalle, sagte der Bankmanager gerne in Interviews, speziell wenn sie von Journalistinnen geführt wurden.

Dieser Anruf konnte alles zunichte machen. Wenn Kim etwas davon erfuhr, würde er den Erklärungsnotstand ausrufen müssen. Weiße Flagge, Frieden, ich ergebe mich.

Er hatte seine Frau Kim auf einer Party der oberen Zehntausend kennen gelernt. Im *Stadshuset,* wo alljährlich der Nobelpreis verliehen wurde, auf einer der Gala-Parties, die sich unter den Reichen der Stadt großer Beliebtheit erfreuten. Sie war zehn Jahre jünger als er, hatte eine solide, internationale Ausbildung in Wirtschaftsrecht genossen und war nun die elegante Vorsitzende einiger Wohltätigkeitsclubs. Und umsichtige Mutter ihrer beiden Töchter. Sie war für Borg ein wunderbares Accessoire, mit ihrer Erscheinung konnte er perfekt repräsentieren – immer wieder tauchten die beiden in den Hochglanzmagazinen auf. *People who like to be seen.* Zweimal hatten sie die Trophäe *best couple of the year* gewonnen.

»Das Stichwort lautet: *Belmar.*« Während Borg seinem Stammplatz in der zweiten Reihe zustrebte, dachte er an den Anrufer, dessen R ihn nervös gemacht hatte. Ihm kam ein lächerlicher Gedanke. Natürlich würde die Geschichte Schlagzeilen machen, aber waren die wirklich so unerfreulich? Wie lange lag das alles zurück? Mehr als zwanzig Jahre. Jugendsünden, mein Gott, wer hatte damals nicht über die Stränge geschlagen? Ein paar Tage würde sich die Geschichte in der Presse halten, dann würde sie vom nächsten Skandal überdeckt werden. Nur Kim konnte ihm da einen Strich durch die Rechnung machen.

»Ein Gläschen Champagner, Herr Borg?« Die Stewardess kannte alle Passagiere der Businessclass mit Namen.

»Lieber einen Wodka«, gab der Bankmanager abwesend von sich. Nur wenige Augenblicke später hatte er einen Doppelten vor sich stehen.

Wer kannte diesen Namen? Belmar, Belmar. Wie eine Beschwörung ausgesprochen. Stichwort: Belmar. Carl-Ulrik Borg hatte nicht den geringsten Zweifel, um wen es sich handelte. Schon einmal hatte er geglaubt, diese Stimme erkannt zu haben. Aber damals hatte er sich getäuscht. Ein Journalist stocherte mit der Stange im Nebel. Hatte irgendetwas aufgeschnappt. Dieser Angriff war leicht zu parieren gewesen.

Er drückte sich tief in seinen ledergepolsterten Sitz, bevor er den doppelten Wodka in sich hineinkippte.

»Restaurant *Svenssons,* morgen 20 Uhr.« Dann hatte der Anrufer aufgelegt.

Borg nahm seinen elektronischen Eckermann zur Hand und blätterte in seinem Terminkalender. Er erschrak ein zweites Mal, als er feststellte, mit wem er am nächsten Abend verabredet war. Er würde eine Notlüge gebrauchen müssen – *a white lie,* wie er das Verfahren nannte, in dem er eine gewisse Meisterschaft erlangt hatte. Nur Kim würde sich nicht von ihm hinters Licht führen lassen. Er wusste zwar, wo sich das *Svenssons* befand, in der Sibyllegatan im Östermalm-Viertel, aber er war noch nie dort gewesen. Trotzdem musste er sich etwas einfallen lassen. Zu leicht hätte irgendein Tölpel ihn erkennen können. »Mensch, Cubbe, dass ich dir mal persönlich die Hand schütteln darf!« Selbst sein Spitzname tauchte in den führenden Klatschspalten auf.

Obwohl das Telefonieren im Flieger ausdrücklich verboten war, wählte Borg eine Nummer und sprach leise in sein Firmenhandy. »Ich hoffe, du kannst mir das nachsehen ... Ich weiß, dass wir den Termin schon lange ausgemacht hatten ... Meine Sekretärin hat da Mist gebaut ... Ja, ja, ein privates Treffen mit *ihm* ... Darf keiner was von erfahren ... Wir holen das nach ... Du kannst dich auf mich verlassen. Danke dir ... Ich wusste, dass du Verständnis hast.«

Wenn Borg bei seinen engsten Mitarbeitern von *ihm* redete, dann war der Premierminister gemeint, der sich gelegentlich mit Cubbe besprach, wie er diesem oder jenem Wirtschaftsmagnaten im Ausland zu begegnen hatte. Borg kannte sie alle. Schließlich hatte er in manchen Ländern schon eine oder zwei Banken dazugekauft.

Wieder kam ihm der Anrufer in den Sinn. Nun war es also soweit. Mal sehen, was er forderte. Solange es nur um Geld ging, konnte Cubbe keine Summe erschüttern. Aber er wurde das Gefühl nicht los, dass sich hinter dem Stichwort Belmar etwas ganz anderes verbarg.

Der zweite doppelte Wodka schmeckte auch nicht schlechter als der erste. Langsam entspannte sich Borg.

Warum hatte sich Kai nicht früher gemeldet? Was war aus ihm geworden? Lebte er überhaupt in Schweden? Sein privates Handy hatte ihm nur angezeigt: *unbekannte Nummer.*

»Habt ihr wieder jemanden geschluckt?«, fragte ein Grauhaariger, der auf der anderen Seite des Gangs saß. Er hob sein Weinglas und prostete zu Borg hinüber, als hätten sie gemeinsam die Schulbank gedrückt.

Cubbe wandte sich ab. Am besten gar nicht reagieren, dachte er. Einfach leerlaufen lassen. Der Grauhaarige traute sich bestimmt nicht, seine Frage ein zweites Mal zu stellen. Wenn ein Borg nicht antwortete, glich das einer Bestrafung der ersten Kategorie. Leider konnte er mit Kai nicht so verfahren. Das würde zu gefährlich werden.

Kim hatte morgen Abend eine Ausschusssitzung, die sie nach Malmö führte. Für sie musste er sich – wegen des geänderten Treffens – keine Notlüge ausdenken.

Die Stewardess kam mit der Wodkaflasche. »Können Sie noch einen gebrauchen, Herr Borg?«

Cubbe lehnte ab. »Ein Espresso wär mir lieber.«

Das *Svenssons.* Verkehrte da nicht Olav? Hatte der nicht stets von der einmaligen Küche dort geschwärmt?

Am besten würde es sein, er würde Kai vor der Tür des Restaurants abfangen und dann mit ihm wegfahren. Irgendwohin, wo niemand sie beide kannte.

Borg spürte, wie die Anspannung wieder wuchs. Er malte sich aus, was wäre, wenn Kai ein Profi war. Cubbe nannte alle die Menschen Profis, die niemals aufgaben, die alle Tricks kannten und bereit waren, sie einzusetzen, um ihr Ziel zu erreichen, die auf der Klaviatur der Mediengesellschaft genauso spielen konnten wie auf dem Intrigenpiano, das meist nur hinter verschlossenen Türen zu vernehmen war. Wie würde er dieses Spiel spielen, fragte sich Cubbe und versetzte sich in Kais Situation. Mit Geld würde sich die Geschichte nicht aus dem Weg räumen lassen. Borg erschrak, welche Möglichkeiten ihm in den Sinn kamen.

»Ich glaube, ich brauche doch noch einen Wodka zum Espresso«, sagte er zu der Stewardess, als sie ihm den Kaffee servierte, »aber einen einfachen.«

Die Stewardess lächelte.

2. Kapitel

Kai presste die Wimpern mit beiden Fingern fest an den Lidrand. Als er die Augen wieder aufschlug, betrachtete er seine Arbeit im Spiegel und war durchaus beeindruckt. Die grünen Irislinsen gaben seinem Blick etwas herrlich Verführerisches.

Den ganzen Vormittag hatte er im Saunarium verbracht, ein paar Sonnenbäder taten seiner kaffeebraunen Haut gut. Der Teint bekam auf diese Weise einen schimmernden Glanz.

Wie einfach alles gewesen war. Wie verdammt einfach! Seitdem jemand ihm die Handynummer zugespielt hatte, war für ihn klar gewesen, dass er sich umgehend mit Borg in Verbindung setzen würde. Wie lange war er vor diesem Schritt zurückgewichen? Solange seine Mutter lebte, hatte er ihre Wünsche zu respektieren gehabt. Aber seine Mutter war schon seit mehr als elf Monaten tot.

Kai hatte sich drei Perücken im Fundus des Staatstheaters ausgeliehen, obwohl er bereits wusste, dass nur die wasserstoffblonde infrage kam. Die rötlich schimmernde Perücke war zu nuttig, die schwarze schlicht langweilig. Ein wenig erregt setzte er das Zweithaar auf. Perfekt. Besser konnte der Kontrast zwischen dunklem, bronzenem Hautton und Haarfarbe nicht sein. Kai schaute zum wiederholten Male auf das Bild seiner Mutter. Eine der wenigen Aufnahmen, die ihm geblieben waren. Wie sie am Flügel saß und in die Kamera lächelte. Die weißen Zähne reflektierten matt das Licht der Barbeleuchtung.

Der Anrufer, der ihm Borgs private Handynummer zugespielt hatte, war kurz angebunden gewesen. Und er hatte Kai geduzt, was ihm erst auffiel, als das Gespräch schon lange vorüber war. »Du willst ihn dir sicher zur Brust nehmen. Ich glaube, Cubbe wartet schon lange auf den Anruf. Ich geb dir seine private Nummer, und in der Post findest du ein Pröbchen einer netten Droge. Damit arbeitet die CIA, wenn sie etwas sehr Wichtiges aus einem Staatsfeind herausholen will. Kannst sie einsetzen, wenn du das für nötig hältst.«

Der Umschlag, in dem sich das braune Pulver befand, war weder an Kai adressiert noch konnte er einen Absender entdecken. Einfach durch den Briefschlitz geschoben. Kai war über diese private Zustellung ziemlich erbost gewesen. Wo konnte er den fürsorglichen Absender erreichen, der ihm auch gleich noch ein Wahrheitsserum zur Verfügung stellte? An der Wahrheit war Kai allerdings sehr gelegen. Seine ganze Tarnung war darauf ausgerichtet, erst einmal aus der Distanz Carl-Ulrik Borg zu beobachten, um dessen Schwachstellen ausfindig zu machen.

Schon in der Schulzeit war Kai auf den Tuntenwackel gegangen. Er hätte damit sicher ein paar Kronen dazuverdienen können, aber seine Mutter hatte ihn gewarnt. »Wenn ich dich dabei erwische, kannst du was erleben!« Und dabei hätten sie das Geld gut gebrauchen können. Angefangen hatten Kais Verwandlungskünste in der Theatergruppe seiner Schule. *Tootsie* auf der Bühne. Kai hatte das Casting souverän gewonnen. Ständig imitierte er Dustin Hoffman vor dem Spiegel: seinen Gang, seine Blicke, seinen Hüftschwung. Kai konnte den gesamten Dialogpart von Hoffman mitsprechen. Er musste seine Stimme kaum anheben. Die Szene, in der Tootsie beinah aufgeflogen wäre, hatte Kai immer am meisten gereizt. Die Theateraufführung war ein grandioser Erfolg gewesen. Sie mussten zehn Aufführungen spielen, alle ausverkauft.

Kai schaute auf die Uhr. Noch zwei Stunden bis zu dem Treffen. Bis zum *Svenssons* würde er nicht mehr als vierzig

Minuten brauchen. Immerhin wohnte er in Brandbergen, in einem völlig verarmten Viertel am Rande der Stadt.

Die Karriere der Maria Belmar hatte glänzend begonnen. Der Hotelbesitzer des *Ritz,* eines Luxushotels in der Stadtmitte, hatte sie in Kuba aufgegabelt. Sie sang in einer *Casa Trova* in Havanna, neben lauter alten Männern, die kaum noch eine Gitarre halten konnten. Der Hotelbesitzer musste ein paar Leute bestechen, dann hatte er die Ausreisepapiere für Maria Belmar zusammen. Wie eine Jagdtrophäe führte er sie mit sich. Zurück ins winterkalte Stockholm. Nach zwei Wochen intensiver Proben, das Programm musste ein wenig auf den Geschmack der schwedischen und internationalen Gäste umgestellt werden, trat sie zum ersten Mal in der Piano-Bar auf. Schon an diesem Abend machte sich die Investition für den Hotelbesitzer bezahlt. Und das sollte fast zwei Jahre Abend für Abend so weitergehen. Ein strahlender Erfolg, der sogar einmal Londoner Zeitungsspalten erreichte. Es gab Stammgäste, die in der Woche an drei Abenden hintereinander Plätze reservieren ließen. Bis Maria Belmar schwanger wurde. Aber das war schon, als das Interesse an ihr allmählich zu schwinden begann. Der Hotelbesitzer hatte sie zu einer Abtreibung drängen wollen, immerhin stand in ihrem Arbeitsvertrag, dass eine Schwangerschaft mit dem Arbeitgeber abgesprochen sein müsste. Maria Belmar wollte das Kind austragen. Den Namen des Vaters gab sie niemals preis. Auch Kai hatte ihn nicht von ihr erfahren.

Er stellte den Spiegel auf den Boden, damit er seine Schritte kontrollieren konnte. Tack, tack, auf, ab, ein bisschen mehr Elan in den rechten Fuß. Die Pumps aus Zebraleder saßen superb. So kam es zu einer wohlüberlegten, farblichen Übereinstimmung zwischen dem weißblonden Haar und den schwarz-weiß gestreiften Schuhen. Noch immer war Kai nackt. Als Nächstes zog er das Korsett mit den eingenähten Busen über. Es zwängte seine Brust zusammen und schob sie nach oben. *Wonderbra.*

Maria Belmar hatte zwar nach dem Rausschmiss aus dem *Ritz* gelegentlich in dieser oder jener Bar singen dürfen, aber ihre Karriere ging steil abwärts. Mal ein Engagement für zwei Wochen, dann wieder monatelang keinen Job. Sie mussten an den Rand der Stadt ziehen, weil sie sich die Mieten in Stockholms Zentrum nicht mehr leisten konnten. Und dabei hatte sich seine Mutter immer danach gesehnt, endlich wieder nach Kuba zurückzukehren. Aber von welchem Geld sollte sie die Tickets bezahlen?

Alles die Schuld von Borg, diesem miesen Schwein. Als Kai beim Aufräumen der Wohnung nach dem Tode seiner Mutter das Tagebuch fand, versteckt zwischen ungebügelter Wäsche, brauchte er nicht lange zu suchen. Die Affäre zwischen Borg und Maria war ausführlich beschrieben. Die Sängerin hätte alles für diesen aufstrebenden Bankkaufmann getan. *El tiene una mujer!* Was für ein Schock musste das für seine Mutter gewesen sein, als Borg ihr mitteilte, dass er seine Frau niemals für sie verlassen würde. Kai würde es ihm heimzahlen. Maria hatte nichts in ihrem Tagebuch darüber geschrieben, dass Borg ihr jemals Geld hatte zukommen lassen. Vielleicht hatte sie die Schande, von ihm abgewiesen zu werden, nicht ertragen können.

»Dein Herr Vater ist durchaus verschlossen, wenn er spürt, dass ihm jemand ans Leder will!«, hatte der fürsorgliche Anrufer gesagt, als er sich beim zweiten Telefonat erkundigte, ob der Briefumschlag seinen Empfänger erreicht habe. Kai wollte wissen, mit wem er es zu tun habe. Aber der Anrufer ließ sich nicht darauf ein, sondern sagte nur: »Das wird kein Zuckerschlecken. Cubbe schlägt immer hart zu.«

3. Kapitel

Das Restaurant *Svenssons* in der Sibyllegatan war eine königliche Apotheke gewesen. Als sie zum Verkauf stand, hatte Arne Svensson schnell zugegriffen. Noch immer dominierten die dunkelfarbigen Paneele. An den Wänden Regale, in denen sich alte Arzneiflaschen aneinanderreihten. Stühle, Tische und die restliche Dekoration waren sehr *New York Style.* Gleich neben der Rezeption gab es eine Bar, an der man warten musste, um platziert zu werden. Selbst dann, wenn man sich einen der begehrten Plätze an der Fensterfront hatte reservieren lassen.

Die Spezialitäten des Restaurants waren alte schwedische Gerichte, die mit einem neuen Design versehen oder mit einem ungewöhnlichen Gewürz zubereitet wurden. So kam es zu Fischgerichten mit Zimthauch oder zu einer anderen ungewohnten Kombination: Rentier mit Bananenmousse. Eins der berühmtesten schwedischen Gerichte, die beliebten Fleischbällchen, tauchten zu einer Pyramide getürmt vor den Gästen auf. Das sollte an das Kinderspiel mit den zwölf Murmeln erinnern, die man mit einem Schubs zum Einsturz bringen musste, um sie alle für sich zu gewinnen. Als Umrahmung gab es auf dem Teller ein zu Haarsträhnen toupiertes Kartoffelpüree, die Fleischbällchen ruhten in einem kleinen See aus *lingonsylt,* Preiselbeeren. In einem kleinen Kännchen wurde bräunliche Sauce kredenzt, die der Gast nach Belieben über die Pyramide träufeln konnte.

Als Carl-Ulrik Borg das Lokal betrat, hätten ihn selbst gute Freunde nicht gleich erkannt. Über seinen Kurzhaarschnitt hatte er eine Perücke mit kurzem Pferdeschwanz gestülpt, er trug schwarze Jeans mit Westernboots, unter dem glänzenden, schwarzen Seidenjackett eine Lederweste. Es hätte nur noch gefehlt, das jemand ihn als Robert Redford angesprochen hätte, so wie er im *Pferdeflüsterer* zu sehen gewesen war.

Cubbe bezog einen Hocker an der Bar und bestellte einen Martini. Er wollte abwarten, bis Kai ihn ansprach. Mit Absicht war er eine Viertelstunde zu spät erschienen. Man musste seinen Gegner warten lassen, das brachte immer Vorteile. Ein schneller Blick über die Gäste zeigte, dass fast überall Dreier- oder Vierergrüppchen saßen, zwei Paare und eine exotische Schönheit, die alleine an einem Tisch saß. Kai schien auch nicht pünktlich zu sein. Borg dachte nicht daran, seinen Beobachtungsposten aufzugeben. Er musste wissen, wer ihn herbestellt hatte. Ein Blick genügte manchmal, um einen Feind einschätzen zu können. Ab und zu blickte einer der männlichen Gäste zu ihm herüber. Borg erwiderte die Blicke. Durchaus neugierig.

»Wollen Sie denn später auch speisen?«, lallte ein Kellner, auf dessen Revers in verschnörkelter Schrift *Manolo* zu lesen war.

»Ich warte noch auf meinen Gast«, antwortete Borg, erstaunt, dass der Kellner um diese Uhrzeit schon auf hoher See schlingerte.

Manolo gehörte zum Stammpersonal, wenngleich sein Ruhm durchaus zweifelhaft war.

Der Chefkoch hatte das typische Donnerstagmahl – gelbe Erbsensuppe mit warmem, süßem Punsch, dessen Zutaten aus Zucker, Arrak und Branntwein bestanden – mit einem eigenen Einfall melioriert. Er ließ diese Suppe mit dem heißen, hochprozentigen Punsch flambieren. Um das kleine Tellerfeuerwerk zustande zu bringen, musste eine Menge Alkohol in der Flüssigkeit sein. Der Chefkoch bevorzugte dafür Wodka, auf den aber auch Manolo sein Auge geworfen hatte. In der Küche wurde der Punsch gemixt, bei dem Manolo den »verdunsteten« Wodka kurzerhand durch Wasser ersetzte. Eines Tages war ein französischer Zwei-Löffel-Koch anwesend, als der Chefkoch die größte Blamage seines Lebens erlebte. Anstelle der *Soupe brulée* kam eine undefinierbare Brühe heraus, in der Puderzucker hilflos herumpaddelte. Der französische Gourmet, der schon beim Anhören des neuartigen Rezepts das Gesicht verzogen hatte, war entsetzt. *»Dégoutant, très dégoutant!«,* rief er aus und verließ umgehend das *Svenssons.* Kein Wunder, dass der Chefkoch nie aus Stockholm herauskam. Denn die Panne verbreitete sich schnell über den internationalen Küchenfunk. Es dauerte lange, bis der Chefkoch herausgefunden hatte, wer der Urheber der Verwandlung des Wodkas in Wasser gewesen war. Aber Manolo hatte sich mit seinen geringen Gehaltsforderungen schon zu sehr in das Herz von Arne Svensson geschmuggelt. Der problemlose Zugang zu seinem Hauptnahrungsmittel war ihm mehr als Geld wert.

Schade, dachte Borg, dieses alleinsitzende Mädchen hätte ihn durchaus interessiert. Sie glich irgendjemandem auf frappierende Weise, aber Borg konnte sich nicht daran erinnern. Zu lange her. Er bestellte einen weiteren Martini – gerührt, ja bitte, auf keinen Fall geschüttelt. Manolo vollführte mit seinem schwankenden Kopf die gleichen Bewegungen, die Borg mit der Hand vormachte.

Den ganzen Tag hatte Cubbe über die Frage gebrütet, was Kai von ihm wollen könnte. Seine Sekretärin musste ihm fast alle Termine vom Hals schaffen, damit ihm genügend Zeit zum Nachdenken blieb. Er hatte noch mal nachgerechnet. Kai musste jetzt zweiundzwanzig Jahre alt sein, dreiunddreißig Jahre jünger als er selbst. Was wohl aus Maria geworden war? Wenn er sie damals nicht brutal von sich geschoben hätte, würde diese Laus noch heute in seinem Pelz sitzen. Aber sie hatte nicht beweisen können, dass sie von ihm schwanger gewesen war. Es konnte genauso gut der Besitzer des *Ritz* gewesen sein, mit dem sie zweifelsohne ein paar Monate lang das Bett geteilt hatte. Warum hatte Kai so lange gezögert? Was war der Grund, dass er gerade jetzt auf ihn zutrat? Auf jeden Fall war er als Gegner nicht zu unterschätzen. Immerhin hatte er seine geheime Handy-Nummer herausgefunden und ihn ins *Svenssons* beordert.

»Sie haben nichts dagegen, wenn ich mich neben Sie stelle?«, flüsterte die karibische Schönheit. »Ich fühle mich heute ein bisschen verloren, so allein an meinem Tisch.«

Karibische Nutte, dachte Borg. Aber als er ihr ins Gesicht schaute, wurde ihm ganz mulmig. Maria, das war doch Maria Belmar. Unmöglich, das konnte gar nicht die Belmar sein, viel zu jung. Ihre Tochter? Es durchfuhren ihn so viele Gedankenblitze, dass er zu keiner Antwort fähig war.

Kai stellte sich als Juana Lopez y Montijo vor.

»B... Bengtsson«, stammelte Cubbe. Er konnte die Augen nicht von ihr nehmen. In ihrem smaragdgrünen Seidenkleid, das die makellosen, braunen Schultern freiließ, stand sie wie eine Göttin vor ihm, die gerade dem Meeresschaum entstiegen sein musste.

Kai schaute in den Spiegel, der sich hinter den Cognac- und Wodkaflaschen an der Rückfront der Bar befand. So konnte er Borg unbemerkt beobachten, der ihn noch immer von Kopf bis Fuß musterte. Borgs Verkleidung war wirklich primitiv. Robert Redford für Arme, wie ulkig. Langsam drehte er ihm wieder das Gesicht zu. Die grünen Irislinsen gaben seinem Vater den Rest.

»My company is not coming«, begann Cubbe in der fremden Sprache, ein wenig unsicher, »würden Sie mir die Freude machen und mir ein wenig Gesellschaft leisten? Ich fände das ganz amüsant.«

Kai ließ sich nicht lange bitten: »Ich komme manchmal hierher, nur um diese einzigartigen Fleischbällchen zu genießen, die Sauce ist wirklich einmalig.«

4. Kapitel

Mit schwankenden Schritten kam Manolo heran, die Suppenteller schaukelten, als sei das Restaurant in einen schweren Orkan geraten. Ausnahmsweise hatte sich der Chefkoch bereit gefunden, seine exorbitante Suppenkreation auch an einem Mittwoch zu offerieren. Gelbe Erbsensuppe, flambiert mit hochprozentigem Punsch.

»Sollte ich das nicht lieber machen?«, fragte Borg und nahm dem Kellner das Streichholz aus der Hand, nachdem es ihm trotz mehrerer Versuche nicht gelungen war, mit dem Hölzchen die Reibefläche zu treffen.

Borg gelang es beim ersten Mal.

Das Tellerfeuerwerk über dem gelben Erbsensee ließ Juanas Augen leuchten. »*Gracias*«, sagte sie zu Manolo. Die Stimme ein wenig zu tief, was den Kellner sogleich stutzig werden ließ.

»Nun gehen Sie schon«, befahl Borg und reichte ihm das Päckchen mit den Schwedenhölzern zurück. Auch in diesem Punkt war das Restaurant der Tradition verpflichtet. Die Streichhölzer waren der ersten Generation von Ivar Kreugers Monopolprodukt nachempfunden.

Dann musste Juana erzählen. Kai hatte sich auf diesen Augenblick gut vorbereitet. Die Kindheit in Galizien, die Schulzeit in Gijón, das Studium in Salamanca, Wirtschaftswissenschaft und Sozialrecht.

»Darf ich fragen, ob Ihre beiden Elternteile aus Spanien kommen?«, unterbrach Borg die einstudierte Rede.

»Nein, nein«, wehrte Kai ab, »dann würde ich ja nicht so aussehen. Ich bin der Fehltritt eines kubanischen Generals ...«

»Ach«, platzte es aus Borg heraus.

»In der Delegation von Castro befand sich damals eine stürmische Truppe. Sie wissen vielleicht, dass häufig galizische Auswanderer nach Kuba gingen. Und deswegen wollte der *maximo líder* unbedingt mal einen Besuch in Galizien machen. Zurück zu den Wurzeln. Und dabei bin ich herausgekommen.« Juana hob ihr Glas und prostete Borg zu.

Für die Vorspeise hatte dieser einen elsässischen Cremant entkorken lassen. »Ich muss gestehen, da ist etwas ganz Wunderbares herausgekommen«, sagte Borg, nachdem er sein Glas in einem Zug geleert hatte.

Er dachte darüber nach, ob er Juana nicht zu einem Praktikum bei der *NGE* verhelfen sollte. Auslandserfahrungen waren ja immer der Start für eine große Karriere. Und dass diese karibische Schönheit eine Karriere machen würde, das stand schon in der Bibel.

»Haben Sie denn Kontakt zu ihrem Vater?«, fragte Borg. »Waren Sie schon mal in Kuba?«

»Ja, ja, er lädt mich dauernd ein, aber ich muss doch studieren. Er ist ein überaus netter Papa, nur dass niemand etwas über meine Abstammung erfahren darf. Das würde internationale Verwicklungen geben«, Juana machte eine Pause und fügte dann hinzu: »Das sagt Papa immer.«

Juana lächelte und Borg erzitterte. Diese grünen Irislinsen, die feinen Grübchen in dem kaffeebraunen Gesicht ...

Manolo brachte den Hauptgang: die pyramidalen Fleischbällchen umgeben von kartoffelnen Tempelwächtern.

Beinahe wäre Borgs Pyramide eingestürzt, als der Kellner den warmen Teller etwas zu fest auf dem Tisch absetzte. Das Saucenkännchen hatte den Sturm nicht so gut überlebt. Auf dem Porzellanrand planschten braune Spritzer.

Manolo warf Juana einen unverschämten Blick zu. »*Tu eres una puta, no?*«

Borg hatte nichts verstanden, wie Kai sofort feststellen konnte. Statt einer Antwort trat er Manolo gegen das Schienbein. Wie kam er dazu, ihn als Nutte zu bezeichnen?

Als der Kellner davongejault war, machte Borg sein Angebot. Er könne ihr zu einem Praktikum verhelfen. In jedem Land der Welt. »*You name it, I get it ... for you.*«

Bevor er ausführen konnte, was er damit meinte, trat wieder Manolo an ihren Tisch. »Telefon für Sie, mein Herr!«

»Für mich?«

»Ja, für Sie.« Diesmal war seine Aussprache fast ganz klar.

Kai war ebenso irritiert wie Carl-Ulrik Borg. Wer wusste, dass sie sich in diesem Restaurant aufhielten?

Zögernd erhob sich Borg, seine Serviette segelte zu Boden. »Entschuldigen Sie«, der Bankmanager hüstelte verlegen.

»Mir nach«, kam es von Manolo, der den Weg zur Telefonkabine zu zeigen beabsichtigte.

Kai überlegte nicht lange. Borg war zwar keineswegs so zugeknöpft wie der fürsorgliche Anrufer behauptet hatte, aber ein bisschen mehr Wahrheit würde gewiss nicht schaden. Diese nette Droge konnte aus Bengtsson wieder Borg machen, so wahr ihm die CIA helfe. Kai nahm sich eine üppige Portion Sauce für seine Fleischbällchen und schüttete das Pülverchen in die Sauciere. Nach kurzem Umrühren hatte sich die Substanz aufgelöst.

Das Telefon des *Svenssons* schien noch von Graham Bell persönlich zu stammen. Nur die Kabel waren in letzter Zeit erneuert worden. Borg zog die Kabinentür hinter sich zu, denn Manolo war nicht von seiner Seite gewichen und lugte mit wirrem Blick, was nun als Nächstes geschehen würde.

Die Leitung war tot. Kein Anrufer, kein Freizeichen, nichts. Borg riss die Glastür auf. »Wissen Sie, wer dran war?«

Der spanische Kellner schob die Lippen übereinander, dann sagte er: »Hat keinen Namen gesagt, aber eine genaue Beschreibung von Ihnen gegeben. Mann mit Pferdeschwanz, na ja, er hat gesagt, Pferdeschwänzchen ...« Manolo kicherte. »Im Lokal gibt es ja nur einen mit so einem Schwänzchen, und das sind Sie.«

»Hat er denn meinen Namen genannt?«, wollte der Bankmanager wissen.

»Er sprach von einem Cubbe, und als ich nachgefragt habe, sagte er Carl-Ulrik Borg, das sind Sie doch«, Manolo straffte seinen Körper, »ob Sie mir vielleicht später ein Autogramm geben könnten? Meine Tochter ist ein ganz großer Fan von Ihnen. Sie sagt immer, ich hätte auch so eine Karriere wie Sie machen können, hat ja auch nicht viel gefehlt und ich ...«

Borg schob den Kellner beiseite. »Der Anrufer war schon weg«, sagte er und hob die Serviette vom Sofa auf, wohin Kai sie gelegt hatte.

Vorsichtig piekste Borg das oberste Fleischbällchen, tunkte es in die Sauciere und verspeiste es mit großem Genuss. »Ganz wie bei Muttern, so müssen *köttbullar* schmecken.«

»Wie meinten Sie das vorhin, Sie könnten mir ein Praktikum besorgen?«, fragte Kai, um den Faden wieder aufzunehmen.

»Ich kaufe Banken in aller Welt«, antwortete Borg. Er hatte eine bewundernswerte Technik, mit vollem Mund zu sprechen, ohne dass sein Gegenüber sah, welche Speise sich gerade in seinem Mahlwerk befand. Nicht viele Esser beherrschten diese selten gesehene Technik.

»Wie kauft man eine Bank?«

»Ganz einfach, indem man ihre Schwachstellen herausfindet, zum Beispiel im *Cash flow*. Erst einmal als rettender Engel erscheinen, um die Bank wieder liquide zu machen, und dann eine saubere Übernahme erzwingen. Wenn Sie wollen, kann ich Ihnen das mal vorführen.«

Ein Fleischbällchen hopste von Borgs Gabel und kullerte, einen braunen Streifen auf der Tischdecke hinterlassend, auf den Boden.

»Hoppla«, sagte der Gast am Nebentisch, der die runde Kugel beinahe als Steilvorlage für einen Elfmeter genommen hätte.

Manolo hechtete nach dem verloren gegangenen Bällchen, schaffte beim zweiten Mal, es in die Finger zu bekommen und mit gekonnter Meisterschaft wieder aufs Borgs Pyramide zu setzen, nachdem er kurz darübergepustet hatte. »*Bueno*«, lobte er sich selbst.

Wieder ging sein Blick zu dieser Person hinüber. Die war nicht nur eine Hure, die war nicht mal eine Frau, dachte er. Wie konnte dieser Borg so blöde sein, das nicht zu bemerken? Am liebsten hätte er ihn am Pferdeschwänzchen gezogen, um ihn wachzurütteln.

»Ich spiele ein privates Spielchen«, sagte Borg, »immer wenn ich eine Bank kaufe, dann ziehe ich mir einen Schlips in den Farben des Logos dieser Bank an. Also sagen wir: grün und weiß, das wären die Imagefarben der Dresdner Bank in Deutschland. Irgendwann im Laufe der Verhandlungen merken die Manager das natürlich. Und was soll ich Ihnen sagen, der Rekord steht bei siebzehn Minuten.«

Kai hatte nicht ganz begriffen, was Borg damit sagen wollte.

»Ja, in genau siebzehn Minuten sprach mich einmal jemand von einer französischen Bank an, ich hätte ja meine Krawatte in den Farben ihres Firmenlogos, ob das Absicht sei. Ich habe nichts geantwortet, sondern nur wissend mit dem Kopf genickt. Da wussten sie, dass sie verloren hatten.«

»Gewinnen Sie immer?«, fragte Kai.

5. Kapitel

Haben Sie denn viele Freundinnen gehabt?«, fragte Juana und zwinkerte ihrem Gegenüber zu.

»Ich ... ja, doch ... ich glaube schon.« Borg kratzte sich am Kehlkopf. »In letzter Zeit ist das seltener geworden. Aber wir waren ja auch mal jung.«

Kai merkte, dass er nun sein Ziel ansteuern konnte. Borg schwitzte ein wenig unter der Pferdeschwanzperücke. Mit einem Mal hatte er Juanas Hand ergriffen. »Wenn ich jünger wäre, ich könnte für nichts garantieren ...«

Juana zuckte zurück. Begann die Droge schon zu wirken? »Wie lange sind Sie denn verheiratet?«

»Ich ... ich meine wir, also wir haben vor ein paar Wochen unseren fünfundzwanzigsten Hochzeitstag gefeiert. Ein rauschendes Fest, es waren fast zweihundertfünfzig Gäste da. Wir haben uns sehr amüsiert.«

»Das muss eine Menge Geld gekostet haben.« Kai sah, wie die Hand von Borg wieder langsam näher kam.

»Ein paar Hunderttausend werden es schon gewesen sein. Aber da müssten Sie meine Frau fragen, die führt das Haushaltsbuch.«

Manolo brachte die Süßspeise. Er schien plötzlich nüchterner als eine Dienstmütze zu sein. Mit einem kleinen Tischhandfeger sammelte er die Brotkrümel ein und stieß dabei nicht ganz zufällig an Borgs Hand, der wieder Juanas Finger zu berühren suchte. »*Perdona!*« Er kicherte ein wenig. Der Blick, den er Juana zukommen ließ, hätte die Ostsee trocken gelegt.

Kai rümpfte die Nase und machte eine abweisende Handbewegung.

Das Dessert bestand aus geriebenem schwarzen Pumpernickel, roter Grütze mit ganzen Erdbeeren und Himbeeren, darüber einer Schicht Schokoladenstreusel, getoppt von Sahnehäubchen mit blauen und gelben Geleespitzen. *Dänische Brauthochzeit auf Schwedisch,* hatte der Chefkoch seine Kreation getauft.

»Warum setzen Sie sich nicht zu mir aufs Sofa?«, fragte Borg, »dann könnten Sie das wunderbare Gemälde bewundern, das sich hinter Ihnen befindet.«

Kai drehte sich kurz um. Das Gemälde zeigte Edward Hoppers *Nighthawks.* Aus dieser Entfernung war nicht auszumachen, ob es sich um einen Druck oder eine Kopie in Öl handelte. Gut, dachte Kai, dann setze ich mich eben neben ihn, wenn ich damit der Wahrheit näher komme. Mit dem Dessertteller in der Hand, den er wie einen Schutzschild vor sich hertrug, wechselte er auf Borgs Seite hinüber.

»Ein schönes Bild«, sagte Borg. Er hatte die beiden Champagnergläschen vom Tisch genommen. Sie prosteten einander zu.

»Ich heiße Cubbe, so nennen mich meine Freunde, und es würde mich besonders freuen, wenn du auch Cubbe zu mir sagen würdest.«

Kai war hoch erfreut. Das Pülverchen wirkte. Schon war aus Bengtsson wieder Borg geworden. »Ich heiße Juana«, erwiderte Kai, bevor die Gläser aneinanderstießen.

Cubbe beugte sich zu ihr hinüber und versuchte, ein Küsschen loszuwerden, aber Kai lehnte den Kopf geistesgegenwärtig zurück.

»Was würde Ihre Frau dazu sagen?«

Borg verzog keine Miene: »Sie wird nie etwas davon erfahren. Das ist unsere Abmachung. Und du würdest mich doch auch nicht verraten, oder?«

Kai beobachtete, dass die Perücke ein wenig zur Seite gerutscht war. Keine besonders professionelle Tarnung, dachte er. Dieser Cubbe machte auch Fehler.

Plötzlich hatte er seine Hand auf Juanas Knie gelegt.

Wenn es der Wahrheitsfindung dient, dachte Kai und schoss die nächste Frage ab. »Wie viele Verhältnisse hattest du denn so?«

»Ich ... na ja, das werden schon einige gewesen sein.«

»Auch ganz früher schon?« Kai spürte, dass Borgs Hand ins Wandern geriet.

»Immer, ich war immer ein Feger. Kim hat nie etwas davon erfahren. Sie glaubt, ich sei monogam glücklich.«

Manolo tauchte am Tisch auf, musterte das Pärchen auf dem Sofa und sagte: »Soll ich jetzt den Kaffee servieren, oder brauchen Sie ein französisches Stärkungsmittel?«

»Wenn Sie uns nicht gleich in Ruhe lassen, dann werde ich mal mit Ihrem Chef sprechen. Und das mit dem Autogramm können Sie sich in die Haare schmieren ...«

Manolo räumte ab, ohne noch etwas zu erwidern.

»Gibst du Autogramme, Cubbe?«

»Das war nur ein Scherz«, antwortete Borg, dessen Hand jetzt den Oberschenkel erreicht hatte.

Dass er sich gar nicht geniert, dachte Kai. Schon ein paar Mal hatte er Blicke der anderen Gäste abwehren müssen. Borgs Mund stand halb offen, sein Atem ging schneller, ab und zu leckte er sich die Lippen, die Augen waren auf Dackel gestellt.

»Bist du ein berühmter Mann, Cubbe?«

»Ich ... na ja ... schon, mich kennen ein paar Leute ...«

»Aber heute hast du dich ein bisschen verkleidet, wie?« Kai rückte in die Sofaecke, was aber nur dazu führte, dass Borg ihm umgehend folgte.

»Ich liebe Verkleidungen«, antwortete der Bankmanager, »in der Tarnung zeigt sich der Meister.«

Kai fand zunehmend Gefallen an dem Spiel, denn Borg schien nicht den leisesten Verdacht zu haben, wer neben ihm saß. Zum ersten Mal konnte er nachempfinden, was es hieß, eine attraktive Frau zu sein, die von älteren Männern begrapscht wird. Mal sehen, wie weit sein Vater gehen würde. Einerseits reizten ihn die Annäherungsversuche, andererseits stieß ihn die Borgs hechelnde Dackelzunge ab. Wie redselig er geworden war, und so ganz ohne Tarnung. »Gehe ich richtig in der Annahme, dass du nicht Bengtsson heißt, sondern Carl-Ulrik Borg?« fragte Kai.

»Sehr gut, Juana, sehr gut. Ich wusste, du hast eine große Karriere vor dir. Bei deinem Aussehen und bei deiner Intelligenz wirst du es weit bringen. Du hast das Zeug, selbst mich eines Tages zu überflügeln.«

»Dann könntest du aber auch die alberne Perücke abnehmen, Cubbe!«

»Gerne ... aber nicht hier. Nicht vor den Gästen ...« Borg tat so, als würde er erst jetzt bemerken, dass sie nicht allein im Restaurant waren.

»Mir zuliebe!«, bat Kai.

»Ich lege gerne auch noch mehr ab, nur dann müssten wir ...« Borg folgte Kais Blicken, die sich in seinem Schoß festgehakt hatten. Er hatte doch tatsächlich eine Ausbeulung im Schritt, ein Zelt mit Stange, wie sie als Schüler immer gesagt hatten. Borg nutzte die Ablenkung und legte Juana einen Arm um die Schulter. Auch den Kuss, den Borg ihr in den Nacken gab, wehrte sie nicht ab.

Was war das nur für eine nette Droge, dachte Kai. Davon müsste man häufiger etwas zur Verfügung haben. Er freute sich schon auf den Augenblick, wenn er seinem Vater die

Wahrheit sagen würde. Borg war wie Butter in seinen Händen.

»Hat Ihnen meine Speisenfolge gemundet?« Plötzlich war der Chefkoch hinter ihnen aufgetaucht, obwohl nur ein Spaltbreit Platz zwischen dem Sofa und der Wand war.

Borg und Kai rückten rasch auseinander.

»*Excellent!*«, sagte Borg und nickte dem Chefkoch zu.

»*Rico, muy rico*«, gab Kai von sich.

Ihm entging nicht, dass der Chefkoch sie mit Verachtung zu strafen suchte. Seine Lippen aufeinandergepresst, die Augen rollten hin und her. Er beugte sich zu Borgs rechtem Ohr. Kai konnte alles mitanhören: »Wenn Sie nicht gleich von hier verschwinden, dann hole ich meine Neufundländer.«

Borg stand abrupt auf: »Soll das eine Drohung sein?«

»Eine Verwarnung«, antwortete der Chefkoch. Er hatte sich in der Lautstärke vergriffen, nun schauten alle Gäste des *Svenssons* zu den Streithähnen hinüber.

Borg spornte das nur an. »Wenn Sie Ihre Hunde holen, dann hole ich die Polizei. Laut Gaststättenverordnung dürfen keine Hunde in Restaurants verkehren.«

Umgehend setzte ein solches Gelächter ein, dass der Chefkoch das Weite suchte.

»Zahlen«, rief Borg ihm hinterher. Er ließ sich neben Juana nieder, küsste sie aufs Ohrläppchen, zwei laute Schmatzer: »*I am shivering with anticipation!*«

Jeder im Restaurant konnte diesen Satz hören.

6. Kapitel

Die Sonne stand schon hoch, als Bobo erwachte. Das Licht wurde durch die Äste eines Busches in Djugarden gefiltert, unter dem er geschlafen hatte. Er dehnte seinen müden Körper, gähnte und schüttelte einige trockene Blätter von seinem blonden Rastaschopf.

Als er sich gerade aus seinem Versteck begeben wollte, hörte er das Getrappel von Hufen. Zwei junge Frauen ritten an ihm vorbei. Eine sagte mit weinerlicher Stimme: »Mein Alter ist so was von verdammt geizig. Ich wollte ein paar Wochen auf die Bermudas, bevor die Schule wieder losgeht, aber der Wichser hat das glatt abgelehnt.«

Bobo wartete noch eine Weile, bevor er sich aufmachte. Er ging in Richtung Quai. Die Bootsverleiher hatten noch geschlossen. Er wusch sein Gesicht und putzte sich die Zähne. Ohne Zahnpasta. Immerhin hatte er gestern eine neue, zusammenklappbare Zahnbürste in der Apotheke abstauben können.

Als er auf der Uferseite von Strandvägen ging, überlegte er, wie er an Essen kommen konnte. Er war hungrig und hatte nicht eine Krone in der Tasche. Das war ein Problem. Er hielt vor einer Tankstelle an und besah sich in der Fensterscheibe. Er sah scheiße aus. Kaputte Schuhe, schmutzige und zerknitterte Jeans (okay, die waren gerade in), ein früher mal weißes T-Shirt und eine früher mal schwarze Jeansjacke. Der Rastaschopf machte ihn nicht gerade attraktiver. Das Grand Hotel konnte er vergessen.

Er dachte an die Zeit, als man ihn mit einem Hotelgast verwechseln konnte und er, den Putzfrauen ausweichend, über die Flure schlenderte. Meistens fand er offen gelassene

Hotelzimmer mit Frühstücktabletts, von denen dies und das zu naschen war. Noch früher, als er in Lohn und Brot stand, machte er sich einen Spaß daraus, wie Papis missratener Sohn auszusehen. Er ging in die großen Hotels, fragte nach einem Zimmer, und manchmal, wenn zu viel zu tun war, gab man ihm einfach den Schlüssel, damit er es sich anschauen konnte. Dann leerte er die Minibar, gab den Schlüssel zurück und verschwand. Das waren noch Zeiten.

Vielleicht hatte er doch im Grand Hotel eine Chance. Manchmal schaffte er es bis in die Lounge, wo die Geschäftsleute ein Croissant oder etwas Kuchen auf den kleinen Tischen liegen ließen.

Pech, verdammtes. Der Portier packte ihn schon an der Drehtür, schob ihn auf den Bürgersteig und trat nach ihm wie nach einem Köter. Er zeigte ihm den Mittelfinger und überquerte die Straße, an der sich *Kunliga Slottet* befand. Die meisten der weißen Schiffe lagen dicht nebeneinander, parallel zum Quai, wo sie Passagiere und Fracht für die Schären aufnahmen.

Bobo hatte einen anderen Plan. Die Sonne zeigte schon Mittag, wahrscheinlich waren es mehr als 20 Grad. Wär doch schön, mit einem Boot rauszufahren, zu irgendeiner Insel, die dreckigen Klamotten waschen und ein paar Runden schwimmen. In der Sonne liegen, auf den sanften Klippen, und ein bisschen Farbe auf die Haut kriegen. Er ging an den Schiffen entlang und entschied sich für die Fähre nach Utö. Er kannte diese große Insel mit ihrem freien Blick auf das Baltikum. Kein Problem, über die Gangway zu kommen. Man brauchte nicht zahlen, musste nur den Zielort angeben ...

Er sah, dass die Passagiere ihre Koffer in einem offenen Laderaum verstauten, viele der Plastiktüten waren mit Lebensmitteln bestückt. Sobald das Schiff abgelegt hatte und die Leute ihre Plätze eingenommen oder sich in der Cafeteria angestellt hatten, würde er sich seine Taschen mit den Köstlichkeiten aus den Tüten füllen und zu einem außergewöhnlichen Fest auf der Toilette aufbrechen.

Ganz zufrieden saß Bobo an Deck, die Augen leicht geschlossen, die Sonne wärmte ihn. Jemand klopfte ihm auf die Schulter.

»Wohin wollen Sie?«, fragte ein Typ, vor dessen Bauch ein Fahrkartendrucker baumelte.

»Utö.«

»Macht hundertzwanzig Kronen.«

»Hab keine Kohle!«

»Dann fährst du nicht nach Utö. Bei nächsten Stopp schmeiß ich dich raus. Saltsjöbaden. Dann kannst du in die Stadt zurücklaufen. Wirst ein paar Stündchen unterwegs sein.« Der Typ rümpfte die Nase.

Bobo sagte: »Fick dich doch selbst!«

Wenigstens eine gute Stunde auf dem Sonnendeck.

Aber als sie nach Saltsjöbaden kamen, hatte der Typ ihn nicht vergessen und zwang ihn, die Fähre zu verlassen.

Bobo konnte sich nicht erinnern, jemals in diesem hochnäsigen Wohnviertel an der See gewesen zu sein. Er wusste zwar, dass hier die Bemoosten und Berühmten wohnten und dass der Bänker Wallenberg eine Bahnstrecke aus der Stadt hier heraus bauen ließ, damit die reichen Säcke bequem und schnell die City erreichen konnten.

Es sah alles so reich aus, dass es weh tat. Bobo betrachtete die riesigen Holzvillen, die von prächtigen Gärten umgeben waren.

Er wollte wieder zurück an die Küste und musste dafür vom Wohngebiet bis zu den Klippen laufen, die von der Straße nicht einsehbar waren. Endlich konnte er schwimmen. Danach verfiel er in tiefen Schlaf, die Klamotten sorgsam hinter seinem Kopf zu einem Bündel zusammengeschnürt.

Es war schon Nachmittag, als er aufwachte. Zurück ins Villenviertel. Vielleicht ergab sich eine Übernachtungsmöglichkeit in irgendeinem netten Garten oder gar in einem Gartenhäuschen. Immer noch hatte er nichts zu essen. Es gab ein schönes, altmodisches Hotel mit Meerblick, vielleicht konnte er die Mülleimer durchsuchen, aber dafür musste er bis zum Einbruch der Dunkelheit warten.

Bobo inspizierte ein paar der Villen genauer. Nach ein paar Stunden kam er zum dritten Mal an einer zweistöckigen, gelb gestrichenen Villa vorbei, deren Jalousien geschlossen waren. Irgendwie verlassen. Er entschied sich, weiterzulaufen und ab und zu diese Villa zu passieren, bis es ganz dunkel war.

Um wenigstens die Zeit bis zum Abend zu nutzen, bettelte er an der S-Bahn-Station und schaffte es, einen Zwanzigkronen-Schein von einer Frau zu ergattern, als der Zug seine kostbare Fracht ausspuckte: alles wichtige Geschäftsleute, die von ihren wichtigen Aufgaben in der Stadt heimkehrten. Bobo ging schnurstracks zu einem kleinen Imbiss und kaufte sich einen Hot Dog und eine Coke.

Um 22 Uhr lag die Villa immer noch verlassen da. Kein Licht hinter den Vorhängen oder Jalousien. Diesmal traute sich Bobo das Gartentor zu öffnen, nachdem er sich vergewissert hatte, dass keine neugierigen Nachbarn zuschauten. Langsam ging er auf dem weichen Gras neben dem Kiesweg bis zur Rückseite des Hauses. Dieser Teil des Gartens war größer als auf der Vorderseite, umgeben von einer hohen Hecke. Im zweiten Stock ein ausladender Balkon über einer gläsernen Veranda zu ebener Erde.

Am äußersten Ende des Gartens, in der Nähe der Hecke, war ein Verschlag. Das Schloss stellte kein Problem dar. Bobo schaute hinein. Ein ausgedienter Rasenmäher, ein paar Gartenwerkzeuge und ein abgestellter Liegestuhl, dessen Tuch verblichen war. Er probierte ihn sogleich aus. Perfekt. Genau, was er gesucht hatte. Hier konnte er nächtigen.

Am nächsten Morgen biss ihn der Hunger. Er schlich zur Villa, blinzelte durch einen Spalt im Rollladen und sah in einen teuer möblierten Speiseraum. Bobo war jetzt ganz sicher, dass sich niemand im Haus aufhielt.

Er probierte jedes Fenster, jede Tür. Nichts zu machen. Als er zum zweiten Mal die Veranda inspizierte, entdeckte er, dass man unter ihr hindurchkriechen konnte. Bobo erspähte ein hölzernes Türchen, das nicht verschlossen war. Groß genug, um hineinzugelangen.

Er landete auf einem verdreckten Boden. Es handelte sich um den Kohlenkeller, seit Jahren nicht mehr benutzt, dessen Eingang wohl übersehen worden war, als man die Veranda gebaut hatte. Vom Keller aus war es kein Problem, in die Küche und den Rest des Hauses zu gelangen.

Bobo verbrachte den ganzen Tag damit, auf fremde Geräusche zu hören, die von draußen gedämpft hereinkamen. Nichts. Freie Bahn. Irgendetwas Verrücktes umgab diese Villa; sie war vollständig eingerichtet, mit unbenutzten Möbeln ausgestattet, Essen und Getränke (ja sogar Champagner) gab es reichlich im Kühlschrank, Gemüse in Dosen und Schnaps in der Anrichte, die Betten waren frisch gemacht – aber schienen niemals benutzt worden zu sein. Bobo kundschaftete die Möglichkeit eines hastigen Rückzugs aus und bezog das Schlafzimmer im Untergeschoss im rückwärtigen Teil des Hauses. Er nutzte den geräumigen Schlafraum im oberen Stock nur zum Lesen und Fernsehen. Es gab da eine Nische, deren schwache Beleuchtung bestimmt von draußen nicht entdeckt werden würde.

Nach einer Woche in dieser Luxusherberge begann Bobo, die Villa als sein privates Eigentum zu betrachten. Und er war glücklicher als jemals zuvor in seinen vierundzwanzig Lebensjahren.

7. Kapitel

Der Taxifahrer fuhr Schlangenlinien. Er schien fast so betrunken wie Cubbe zu sein, der auf dem Rücksitz döste. Kai beobachtete ihn im Spiegel der Sonnenblende. Der geile Bänker hätte ihn am liebsten auf dem Sofa des *Svenssons* vernascht.

Eine schöne Art, meinen Vater kennen zu lernen, bin gespannt, wo er mich jetzt hinbringt, dachte Kai, der kurz vor der Abfahrt auf der Toilette des Restaurants sein Make-up aufgefrischt hatte. Eine neue Lage Parfüm konnte auch nicht schaden. Die Droge, die er Cubbe in die Fleischsauce gerührt hatte, schien mehr noch ein Aphrodisiakum als ein Wahrheitsserum gewesen zu sein.

Mit einer Vollbremsung kam das Taxi zum Stehen.

Cubbe erwachte. Zahlte und gab großzügig Trinkgeld.

»Das Haus hab ich erst vor einem halben Jahr erworben. Das war ein Schnäppchen, Glück gehabt. Das kriegt meine Älteste zu ihrem Examen. Der Vorbesitzer ist früher als erwartet nach Florida ausgewandert.« Cubbe klang wie ein Makler, der ein besonders schönes Exemplar einer schwedischen Holzvilla anpries. »Wir werden dort heute Nacht ganz ungestört sein. Nur wir beide, ganz allein.«

Der Bänker fasste Juana an der Hand, als sie den Kiesweg hinaufgingen. Als sei ihm Maria Belmar zum zweiten Mal in seinem Leben begegnet. Konnte es eine solche Wiedergeburt geben? Dieses Lächeln, dieses rauchige R, dieser verführerische Blick. All diese Erinnerungen wurden in Carl-Ulrik Borg wach, Erinnerungen an die Zeiten eines köstlichen Seitensprungs, von dem er keine Minute missen mochte. Maria Belmar war das Schönste, was ihm im Leben widerfahren war. Glück gehabt, auch damals schon.

Kai widersetzte sich Cubbe nicht. Er war einfach zu gespannt, wie weit sein Vater gehen würde. In dieser Maskerade konnte er ausprobieren, was es bedeutete, eine attraktive Frau zu sein. Das hier war kein Theaterspiel mehr, keine lockere Tootsie-Nummer.

»Treibst du es gerne?« Borgs Arm umfasste Juanas Taille. Ein paar Mal hatte er den Kopf auf Juanas Schulter gelegt, hatte sie gespürt, gerochen, sich erinnert. Er wollte diese Frau, jetzt.

»Kommt auf den Partner an!« Kai trat einen Schritt zur Seite. Sein Vater mochte in nüchternem Zustand ganz attraktiv sein, aber so duhn wie er war, stieß er Kai ab.

»Wie wär's mit mir?«, wollte der Bänker wissen. Cubbe kam ganz nahe an Juana heran.

Kai blieb stehen. »Ist das nicht alles ein bisschen zu schnell? Wir kennen uns doch erst seit drei Stunden.« In seiner Stimme lag eine gewisse pädagogische Strenge, als müsse ein ungezügelter Schüler auf seine Pflichten hingewiesen werden.

»Ich bin so scharf, ich könnte einen Baum vögeln.«

»Bedien dich«, sagte Kai, »stehen ja genug herum.«

Seine Vermutung, was die Droge anging, schien sich zu bestätigen. Dabei hatte er gehofft, Cubbes Erregung würde während der langen Taxifahrt ein wenig abkühlen.

Schon beim ersten Geräusch war Bobo hellwach. Immer auf der Hut sein, war die Devise, niemals unaufmerksam sein. Das Glück kann einen schneller verlassen, als man glaubt.

Er sprang vom Bett, war mit ein paar schnellen Schritten auf der Veranda, öffnete sacht die Glastür und verbarg sich hinter einem Lebensbaum in großem Topf.

Als das Licht in der Diele anging, sah er ein ungleiches Paar. Eine Robert-Redford-Imitation, die gewiss den letzten Platz bei der *look-alike-competition* gemacht hätte – jetzt nahm der Typ auch noch die verrutschte Perücke ab und zeigte einen stark ergrauten Kurzhaarschnitt – und hinter ihm eine karibische Schönheit, die selbst im Dunkeln geleuchtet hätte. Was sie wohl für eine Nacht so nahm, fragte sich Bobo. Das war also das Geheimnis dieser Villa. Ein Liebesnest eines Super-Bemoosten, der seine Gespielinnen hierher brachte, um sich in aller Ruhe ein paar Stunden zu vergnügen.

Der Mann schien mehr Arme als eine indische Gottheit zu haben. Dauernd fummelte er an dem Mädchen herum. Musste mindestens ein Jahrhundert älter sein als die Schönheit.

»Nicht so stürmisch«, warnte das Mädchen den Verführer. »Das kann ich überhaupt nicht ab.«

»Mir steht er schon seit Stunden«, gab der Mann von sich, der bereits Weste und Hemd abgelegt hatte. Wahrscheinlich wollte er einen Striptease hinlegen, dachte Bobo. Männerstrip, auch nicht schlecht. In was für ein Haus war er da bloß geraten?

»Hast du nichts zu trinken da?«, fragte die Schönheit. Ihre entblößten Schultern schimmerten verführerisch und versprachen wunderbare Aussichten.

»Champagner gibt's nachher«, sagte der Mann. »Als Belohnung.«

»Aber ich will ihn jetzt«, maulte die Kleine.

Wie gut, dass er nicht alle Flaschen im Kühlschrank geköpft hatte, dachte Bobo. Das hätte den geilen Eigentümer vielleicht misstrauisch gemacht. Selbst in seinem angeschlagenen Zustand.

Bobo sah, wie sich die Schönheit das Näschen puderte. Sie betrachtete sich im Handspiegel und schien äußerst zufrieden mit ihrer Erscheinung zu sein. Einmal schnalzte sie laut mit der Zunge. Es klang wie eine Münze, die in den Schacht eines Zigarettenautomaten fiel.

Dass den beiden gar nicht auffiel, in welchem Chaos er die Wohnräume hinterlassen hatte! Überall stand schmutziges Geschirr herum, das aufgeschlagene Bett ...

Aber die schienen ja nur eines im Kopf zu haben. Auf jeden Fall der geile Hausherr, der mit freiem Oberkörper in der Wohnung herumtaperte und irgendetwas suchte.

»Ich mag Champagner auch aus Wassergläsern«, rief das Mädchen, »hast du genug von dem Zeug, dass ich ein Vollbad nehmen könnte?«

Bobo musste sich ein bisschen zurückziehen, als der halbnackte Hausherr auf der Veranda erschien. Er schwankte erheblich, die Augen verquollen. In dem Zustand würde er bestimmt keine Sektgläser finden.

Er hätte ihm sagen können, wo sie standen, dachte Bobo.

»Jetzt mach schon die Flasche auf«, rief die karibische Schönheit, die auf einem Holzstuhl Platz genommen hatte.

»Aber nur, wenn du dich derweil ausziehst«, kommandierte der Mann.

Als er das goldene Drähtchen am Flaschenhals gelöst hatte, schoss eine Fontäne des edlen Gesöffs heraus. Der Korken flog in hohem Bogen durch den Wohnraum und durchschlug das Glas der Wanduhr. Aufgeregt fing sie an zu schlagen. Als hätte sie sich in der Uhrzeit geirrt.

Dem Hausherr gelang es nicht, den Champagner einzugießen. Das Mädchen half ihm.

Dann prosteten sie sich zu.

»Auf eine lang andauernde Vögelei«, sagte der Mann, der sein Glas in einem Zug leerte.

»Auf eine gelungene Überraschung«, erwiderte die Schönheit.

»Lass uns nach oben gehen, da haben wir es bequemer.«

Och nein, dachte Bobo, nicht nach oben. Macht es doch hier, bitte.

Er sah sich nach einer Möglichkeit um, möglichst schnell auf den Balkon zu gelangen. Es gab keinen anderen Weg, als sich am Regenrohr hochzuhangeln. Doch Bobo scheute davor zurück. Vor Jahren wäre ihm ein marodes Regenrohr beinahe zum Verhängnis geworden. Er hatte damals sein Ziel, ein geöffnetes Fenster im ersten Stock eines Altbaus, schon erreicht, als das Abflussrohr aus der Verankerung riss und er in die Tiefe sauste. Glücklicherweise fiel er in einen Rosenbusch, der den Aufprall milderte. Wochenlang war er als Werbung für Heftpflaster herumgelaufen.

Er musste es wagen.

Diesmal hatte er Glück. Zwischen den beiden Schlafzimmerfenstern war genügend Mauerwerk, um sich zu verstecken. Bevor das Licht im Schlafzimmer angemacht wurde, hatte Bobo schon seinen Beobachtungsposten bezogen. Nicht, dass man ihn als Voyeur bezeichnen konnte, aber wer würde sich so ein Schauspiel entgehen lassen? Noch dazu, wenn es kostenlos war.

Inzwischen stand der Hausherr im Freien. Und vor ihm schräg nach oben stand sein Gustav, der so einen roten Kopf hatte, als sei er gerade beim Lügen erwischt worden.

Der Mann begann, das Mädchen zu entkleiden.

Ungeschickt, ziemlich ungeschickt, dachte Bobo.

Sie wehrte sich heftig, aber nicht energisch genug.

Die Überraschung hätte nicht größer sein können.

Die Hure war ein Bock.

Seine Erektion war jedoch mickrig, um nicht zu sagen, sie ging gegen Null.

»Egal«, rief der Mann und umarmte das Mädchen stürmisch, *»nobody is perfect!«*

Den Satz hatte Bobo schon mal irgendwo gehört.

8. Kapitel

In diesem Augenblick traf Bobo ein greller Blitz. Mitten ins Gesicht. In der Schlafzimmertür war jemand aufgetaucht und fotografierte.

Die beiden Männer fuhren auseinander. Zwei erstarrte, nackte Gestalten, die gerade jetzt für keinen Fotografen posieren wollten.

Ake Ericson hatte noch nie einen Job abgelehnt. Was die Leute immer hatten. Sahen sich doch gerne die Skandalbilder an, die er schoss. Die gelben Blätter boomten. Adel in Unterhosen, TV-Nasen beim Koksen, Partyluder, Promis und falsche Propheten. Die Klatschpresse brauchte Futter. Täglich.

Als der Anrufer gesagt hatte, er wolle ein Foto von Carl-Ulrik Borg und seinem milchkaffeebraunen Sohn in eindeutiger Situation, hatte Ericson nur müde gescherzt. Über den Preis für das Foto brauchten sie nicht lange zu verhandeln. Der Anrufer hatte die Gage des Fotografen verdreifacht. »Die beiden werden sich übermorgen im *Svenssons* treffen. Bleiben Sie nur dicht an Cubbe dran. Alles Weitere ergibt sich dann schon.«

Ericson kannte den prominenten Bänker, der häufig in den Klatschspalten erschien. Allerdings stets mit seiner durchaus herzeigbaren Frau Kim und stets nur in den höchsten Tönen gelobt. Eine Karriere wie aus dem Märchenbuch des Kapitalismus.

Blitz. Das zweite Foto zeigte die beiden, wie sie in die Kamera starrten. Die Augen weit aufgerissen, ebenso ihre Mundöffnungen, die Schultern leicht angehoben. Als wollten sie gemeinsam etwas vorsingen. Ein Lied auf die Schönheiten der Liebe oder wenigstens einen Bach'schen Choral.

Ake Ericson hatte seine Schnellste eingepackt. Sechs Bilder pro Sekunde. Eine Nikon der Profiklasse. Was hatte diesen Bänker nur ins *Svenssons* verschlagen? Das war doch kein Lokal für jemanden aus seiner Liga. Das Restaurant mit seinem notorisch besoffenen Oberkellner Manolo, über den die ganze Stadt lachte, mit dem Chefkoch, der keinen Stern an die Mütze bekam – und erst dieses mickrige Publikum: lauter mittelmäßige Einkommen und ein paar Vollversager. Egal, Job war Job. Der Auftraggeber würde schon seine Gründe haben. Ake Ericson hatte sich dreißig Minuten vor Lokalöffnung in seinem BMW auf die Lauer gelegt. Man musste schon am Ort des Geschehens sein, bevor die Zielpersonen eintrafen. Alte Geheimdienstregel. Für die Wühlmäuse hatte Ericson auch schon gearbeitet. Die zahlten allerdings nicht gerade superb. An der Fahrerseite hatte sich der Fotograf eine Einwegscheibe einbauen lassen. Von draußen konnte niemand ausmachen, wen Ericson observierte.

Blitz. Das dritte Bild zeigte, wie beide Männer die Hände vors Gesicht hielten. Als könnten sie jetzt noch ihre Identität verbergen. Zu spät, alles war jetzt schon zu spät.

Der Fotograf hätte beinahe einen Lachanfall bekommen, als er Cubbe in dieser Aufmachung im *Svenssons* entdeckte. Das Toupet saß so falsch auf dem Kopf, dass jeder die Tarnung sofort durchschauen musste. Nicht nur so ein geübtes Auge wie Ericson. Er wäre beinah im Auto eingeschlafen. Es dauerte und dauerte, bis Cubbe sich zu dem Nüttchen setzte. Ake dachte, da würde sich in flagranti bestimmt was ergeben. Wen hatte er nicht schon alles beim Liebesspiel auf die Platte gebannt? In Hinterzimmern, auf Toiletten, in Wäschekammern. Diese Promis trieben es doch, wo es ihnen gefiel. Der nackte Hintern eines englischen Popbarden war das Alpha-Foto von Ericson. Seitdem er dieses Bild vor Jahren auf die Titelseite vieler Boulevardblätter gebracht hatte, war er in Schwedens erste Liga aufgestiegen. Und das konnte er auch Monat für Monat an seinem Konto ablesen.

Aus seinem sicheren Versteck hatte er beobachtet, wie die karibische Hure etwas in die Sauce rührte, als Cubbe mal für kleine Mädchen musste. Ein Signal zu erhöhter Wachsamkeit für Ericson. Jetzt durfte er sich nicht mehr seiner Schläfrigkeit hingeben. Er traute dem Anrufer zu, dass er dem Mädel zu diesem Pulver verholfen hatte. Sollte der Bänker umgebracht oder nur aus dem Karriereweg geräumt werden? Ericson konnte nichts mehr überraschen. Nicht mal ein Mord. Hauptsache, er spielte sich vor seiner Linse ab.

Blitz. Auf dem vierten Foto standen zwei nackte Männer, die ihre Hände vors Geschlechtsteil hielten. Die Münder immer noch weit aufgerissen, in lähmender Erstarrung. Als wollten sie sich in dieser eindeutigen Situation keine Blöße mehr geben.

Ake Ericson hatte schon fotografiert, als die beiden Zielpersonen auf dem Sofa Platz nahmen und Cubbe seine Hände nicht bei sich behalten konnte. Der 1000-Asa-Film machte keine Probleme trotz der schwachen Lichtstärke. Auch sein 800er Tele-Objektiv hatte mitgespielt. Aber man musste warten können. Fotografie war die Kunst des perfekten Timings. Ein Bild von einem Bänker und einer karibischen Nutte riss doch nun wirklich niemand mehr vom Hocker. Hätte man vielleicht als optische Briefmarke unter *Personalien* abdrucken können. Mehr aber auch nicht.

Es war kein Problem gewesen, dem Taxifahrer zu folgen. Auch wenn er ziemlich rasant in Richtung Saltsjöbaden fuhr. Noch nie hatte jemand seinen BMW abhängen können. Wie die beiden aus dem Taxi gewankt waren! Ake Ericson hatte seinen Wagen an der Straßenecke geparkt und sich seine

Schnellste geschnappt. Wie sie über den Kiesweg zur Villa gestolpert waren! Kein Problem, die beiden zu verfolgen. Die schienen sich ja ziemlich sicher zu sein. Nur eines hatte den Fotografen irritiert: Hatte der Anrufer nicht gesagt, er solle Vater und Sohn ablichten? Und nun ein Techtelmechtel des Bankmanagers mit einer karibischen Nutte. Auch gut, aber dann musste das Foto wenigstens super hoch drei sein. Am besten mit Titten und Schamhügel.

Blitz. Das letzte Foto zeigte den ausgestrecktem Arm von Borg, der auf den Fotografen zustürzte.

Cubbe ging zu Boden, weil er offenbar nicht bedacht hatte, dass die heruntergelassene Hose ihm zu wenig Bewegungsspielraum ließ. Aber mit einem entschlossenen Griff um die Beine des Fotografen brachte er auch ihn zu Fall.

»Wolltest du mit deinem Sohn vögeln?«, rief Ake Ericson.

9. Kapitel

Kai entriss Ericson die Nikon und warf sie durch das Schlafzimmerfenster. Mit einem lauten Knall zerplatzte die große Scheibe.

Der Fotograf kam als Erster hoch, während Borg sich die Hose von den Füßen strampelte.

»Halt ihn fest, Juana!«, schrie Cubbe vom Boden. Er schien schon wieder vergessen zu haben, was ihn gerade noch aus der Fassung gebracht hatte.

Ericson ließ sich nicht festhalten. Das gehörte nicht zu seinen Tugenden. Er versuchte herauszufinden, welchen Weg seine wertvolle Nikon genommen hatte. Wie kam dieser Bengel dazu, sie einfach aus dem Fenster zu werfen?

Bevor er das breite Bett umrundet hatte, landete ein Schwinger in seinem Nacken, der ihn herumfahren ließ.

»Geh mir aus dem Weg, du nacktes Schwein!«, brüllte Ericson.

Kai überließ die handgreiflichen Auseinandersetzungen seinem Vater, sollten sich die beiden doch prügeln, wenn ihnen danach war. Ihm war nur daran gelegen, so schnell wie möglich aus dieser misslichen Lage zu entkommen. Also klaubte er seine Kleider zusammen, zog sich hastig im Laufen an und verschwand über die Treppe nach unten.

Ericson kam nicht aufrecht die Treppe hinunter, weil er von Borg mit Schlägen vor sich hergetrieben wurde.

Bobo besah sich die Kamera. Das war Brot für mehrere Monate, und wenn er erst diese Fotos ... Gar nicht auszudenken, welche Wendung dann sein Leben nehmen konnte. Er hatte nichts Eiligeres zu tun, als auf dem gleichen Wege, auf dem er gekommen war, den Balkon zu verlassen. Das Abflussrohr hielt auch diesmal. Wie ein aufgeregtes Kind bei der Bescherung schwenkte Bobo sein Geschenk hin und her, als er durch den Vorgarten in die Dunkelheit rannte. Zur rechten Zeit an der richtigen Stelle mit dem richtigen Gespür – das war ihm bisher in seinem Leben noch nie vergönnt gewesen.

Borg war es gelungen, Ericson kampfunfähig zu schlagen und ihn mit seinem Hosengürtel und einem Schlips an Händen und Füßen zu fesseln. Während Kai den ungebetenen Gast im Auge hielt, zog sich der Bankmanager etwas über.

»So, und jetzt will ich die ganze Geschichte, Ake! Sonst kommst du hier nicht lebend raus.«

Der Fotograf hatte ein paar heftige Schläge einstecken müssen. Ihm war gar nicht nach Reden zumute. Einen Auftraggeber preiszugeben, war gleichbedeutend mit dem Ende der Karriere. Das sprach sich schnell unter den Kollegen herum.

»Lass uns nicht so lange warten, Ake. Oder soll ich es aus dir herausprügeln?«

Ericson versuchte einen Überraschungsangriff: »Hast du wirklich keine Ahnung, dass du mit deinem Sohn herummachen wolltest, Cubbe?«

»Das ist eine andere Sache, die hat dich gar nichts anzugehen. Los, für wen hast du die Fotos gemacht? Sag schon!!« Borg holte aus und schlug dem Fotografen voll ins Gesicht. »Das war nur der Anfang, Ake.« Er wandte sich an Kai. »Geh mal nach oben und schnapp dir die Kamera.« Borg hielt inne. »Wer immer du bist, du Früchtchen!«

Kai trollte sich. Ihm kam jetzt das Kleid von Juana so fremd vor, dass er sich vornahm, im oberen Stock nach ein paar Männerklamotten zu suchen. Ab und zu hörte er seinen äußerst wütenden Vater und die schwächer werdenden Schreie des Fotografen.

»Ich kenne den Mann nicht«, sagte Ake Ericson, »er hat mir nur gesagt, wo ihr euch trefft, und basta. *Svenssons.* Ich sollte Vater und Sohn in eindeutiger Situation fotografieren, mehr hat er mir auch nicht verraten.«

»Das glaubst du doch selbst nicht, Ake. Jemand wie du, der muss sich doch absichern. Du läufst doch nicht blind durch die Welt und lässt dich von einem Unbekannten auf so einen Job schicken.«

Der nächste Schlag traf den Fotografen auf dem rechten Ohr. Es fing sofort an zu bluten.

»Wer wollte diese Fotos haben?«

»Ich sollte mit den Fotos machen können, was mir so einfiel. Je nach Qualität. Der Anrufer hat mir da völlig freie Hand gelassen. Ich hatte doch auch keine Ahnung, was da abgehen würde.«

»Du siehst genauso aus, als hättest du keine Ahnung. Ich will den Namen und zwar ein bisschen plötzlich, sonst muss ich handgreiflich werden.«

Die Geschichte, die Ake Ericson stückweise – zwischen heftigen Schlägen – von sich gab, handelte von einem früheren Konkurrenten Borgs, Björn Andersen. Er kannte den Bankkollegen aus der Zeit, als Cubbe sein Verhältnis mit Maria Belmar unterhielt. Später hatten sie um den gleichen Posten bei *NGE* konkurriert, und Björn war unterlegen gewesen. Nicht nur das, Cubbe tat alles, um diesen Mann nie mehr hochkommen zu lassen.

»Und du spielst dieses dreckige Spiel mit, Ake, nur um mich zu kompromittieren?«

»Das ist mein Job, Cubbe. Ich muss in dem Dreck wühlen, in dem ihr lebt! Jedem das Seine.«

»Ein Schweinejob, den du da hast.«

»Ist deiner sauberer? Dann lass uns tauschen. Ich würde auch gerne mal mit sauberen Händen dastehen.«

Carl-Ulrik Borg holte erneut zum Schlag aus, aber Kai fiel ihm in den ausgestreckten Arm.

»Die Kamera ist weg. Ich kann sie nirgends finden.«

»Die kann gar nicht weg sein«, fuhr Cubbe ihn an. »Such gefälligst genauer. Dieses Schwein wird dir dabei helfen.«

10. Kapitel

Am Sonntag servierte der Chefkoch *Kaldolmar*, mit Hackfleisch und Reis gefüllte, weiße Kohlblätter, die kunstvoll auf einem Rosenbett angerichtet waren, das aus gedünsteten, roten Kohlblättern geformt war. Die braune Sauce, die dazu gereicht wurde, war mit Sirup und Preiselbeeren gewürzt.

Carl-Ulrik Borg hatte für 20 Uhr einen Tisch bestellt, um seinem Sohn die freudige Überraschung selbst zu überbringen.

Kai hatte sich ein wenig verspätet. Er erschien in Lederweste und Westernstiefeln. Eine kleine Anspielung auf ihr erstes Zusammentreffen.

Manolo war sehr misstrauisch, als er die beiden Männer zum Tisch führte. »Hatten Sie nicht Lokalverbot?«, stammelte er.

»Wir doch nicht«, kam es fast gleichzeitig von den beiden Gästen zurück.

»Sie müssen uns verwechseln«, fügte Cubbe hinzu.

Kai hatte seinem Vater ohne Probleme beweisen können, dass er tatsächlich sein Sohn war. Marias Tagebuch hatte Borg zu Tränen gerührt. »Wenn ich gewusst hätte, was ich da angerichtet habe«, Cubbe hatte versprochen, an Kai alles wieder gutmachen zu wollen.

Trotz allen Suchens blieb die Nikon von Ericson verschwunden. Der Bänker hatte dem Fotografen gedroht, wenn auch nur ein Sterbenswörtchen über diese verrückte Nacht an die Öffentlichkeit komme, könne er sich vor Beleidigungsklagen nicht mehr retten. Ericson hatte den Verlust seiner Kamera schneller verschmerzt als seine Blessuren verheilt waren.

»Meine Tochter hat eingewilligt«, begann Cubbe, »sie verzichtet auf das Haus, stattdessen möchte sie einen Bauernhof in der Toskana. Kein Problem, das lässt sich regeln. Du kannst die Villa in Saltsjöbaden sofort beziehen.«

Kai legte die rechte Hand auf die seines Vaters. »Das wäre nicht nötig gewesen, wirklich nicht.«

Als Morgengabe hatte Borg dafür gesorgt, dass Kai einen PR-Job bei *Nordic Global Enterprises* bekam. Dort sollte er sich speziell um die Frauen kümmern, die in die obersten Etagen von internationalen Banken vorgedrungen waren. Aber bitte, keine Tootsie-Nummern mehr.

Über ihre erste gemeinsame Nacht herrschte zwischen ihnen Stillschweigen. Sie war mit keiner Silbe mehr erwähnt worden.

»Ist das Ihr Sohn, Cubbe?«, wollte ein Gast vom Nebentisch wissen.

»Nein«, antwortete Carl-Ulrik Borg, »das ist ein guter Freund von mir. Ein sehr guter Freund.«

Diese Darstellung hatten die beiden Männer für die Öffentlichkeit abgesprochen.

Bobo stand vor der großen Fensterscheibe des *Svenssons* und schaute ins Restaurant.

Das konnte kein Zufall sein. Dort saßen, allerdings ohne Maskerade, die beiden Menschen, die sein Leben so komplett verändert hatten. Nicht zu fassen. Vater und Sohn. Einträchtig gegenüber.

Am liebsten hätte er ein Foto gemacht. Auch wenn das Bild nicht zu seinen Themen passte. Die Welt von unten, Stockholm an den Rändern, *the dark side of the city*. Schon mit den ersten Aufnahmen, die Bobo bei einer großen Tageszeitung abgeliefert hatte, war der Erfolg gekommen. »So wie Sie fotografieren, macht das keiner in meinem Stall«, hatte der Chefredakteur des Blattes ihn gelobt. »Das ist das Schwarzbrot, das unsere Leser haben wollen.« Das verlodderte Aussehen des jungen Fotografen hatte der Chefredakteur für Berufstarnung gehalten.

Einige Jahre später fanden sich Bobos Fotografien auf den Titelseiten von *Time* und *Life*.

Die Aufnahmen von dem nächtlichen Zusammentreffen hatte Bobo nicht entwickeln lassen. Das Risiko, dass er selbst auf einem der Fotos hinter der Fensterscheibe zu erkennen war, erschien ihm viel zu groß. Er hatte das Negativröllchen einen Tag später in der Innenstadt in einem Papierkorb entsorgt.

The Last Smoker

Ich hab sie mal gezählt. Es sind dreiundvierzig schwarze Krähen, wenn ich mich umschaue, dreiundvierzig, ich habe noch mal nachgezählt. Und dabei sind die Handzettel, die überall ausliegen, noch nicht mitgerechnet. Dreiundvierzig Menetekel. Auf Schritt und Tritt wird man daran erinnert. Ich muss nur in mich hineinhören. Jede Zelle, jedes Atom in meinem Körper signalisiert mir, woran mich diese Krähen erinnern. Dreiundvierzig Verwünschungen, dreiundvierzig Hexenflüche, dreiundvierzig Todesurteile.

Ist schon Jahre her, dass ich zu spüren bekam, wie die Hexenjagd in diesem Land begann. Ich saß in einem China-Restaurant, Dim Sun vom Feinsten, und zum Mao-Tai-Schnaps habe ich mir eine angesteckt, wie immer. Was wäre ein köstliches Mahl ohne Zigarette? Ist nicht das ganze Essen auf diesen einen Moment ausgerichtet, wenn der Rauchgenuss das Menü veredelt? Da steht eine Frau am Nebentisch auf, nimmt mir die Lulle aus dem Mund und wirft sie ins Aquarium. Sehr zum Erschrecken der Chinesen. Aber böse angesehen wurde ich. Nicht sie. Der Oberkellner kam und sagte, er müsse mir eine Verwarnung aussprechen, ich solle umgehend das Lokal verlassen. Ich durfte nicht mal mehr mit ansehen, wie die Angestellten versuchten, meine Zigarette aus dem Aquarium zu fischen.

Mein Gott, wann wird denn endlich der Flug aufgerufen? Überall diese Krähen, die mich bedrohen. Dreiundvierzig Krähen, dreiundvierzig bigotte Krähen. Sie lachen mich aus, machen mich fertig. Es gibt Fluggäste, die sich nicht daran halten. Diese Gier nach dem ersten Zug nimmt mit jeder Minute zu. Ich beobachte, wie jemand hinter einer Zeitung versteckt raucht. Eine Frau hält ihre Fluppe in der Hand, hat sie Hornhaut in der Handfläche? Und ein anderer pustet den Rauch ungeniert in eine Kotztüte.

Ich kann mir das nicht leisten. Es gibt Passagiere, die stehen auf der schwarzen Liste. Renitente Raucher bekommen ein dreijähriges Flugverbot, stand auf Seite 3 in der *New York Times,* und dazu extrem hohe Geldstrafen. Es geht mir nicht um die Kohle. Ich muss alle zwei Monate an die Wall Street, das gehört zu meinem Job. Wenn ich nicht mehr fliegen kann ... Da drüben wird gerade einer geschnappt. Sie drehen ihm brutal den Arm auf den Rücken, nachdem sie ihm die Zigarette aus dem Mund geschlagen haben. Unter großem Hallo der anderen Fluggäste. Sie spenden sogar Beifall und loben die schwarzen Sheriffs. Jetzt wird er verprügelt. Mein ganzes Mitgefühl gilt dem armen Raucherkollegen. Er wird in Silber gelegt und abgeführt. Möchte nicht wissen, was sie in der Zelle mit ihm veranstalten werden. Ich habe da schon Geschichten gehört.

Endlich, unser Flug wird aufgerufen. Das heißt natürlich nicht, dass ich mir eine anstecken kann. Aber ich bin einen Schritt weiter. Einchecken, Warten in der Abfluglounge, Drängeln durch die Passagierschleuse, Sitz einnehmen, dann ein letzter Blick auf die bigotte Krähe über meinem Kopf, Start. Und dann noch drei, maximal fünf Minuten. Was für eine Erleichterung wird das sein!

Aber soweit bin ich noch lange nicht. Die Gier steigt unaufhörlich. Ich bekomme das Nikotinfieber. Der Puls beschleunigt sich, die Augenlider zucken, ein heftiges Pochen in beiden Schläfen.

Ein paar Mal hab ich mit meinem Chef gesprochen, ob ich nicht pro Jahr wenigstens eine Reise an die Wall Street erlassen bekommen könnte. Ich habe gebittelt und gebettelt.

Nichts zu machen, entweder die zweimonatliche Repräsentanz unserer Firma in New York oder der Job. Es geht darum, drei Tage anwesend zu sein und wichtige Börsenmakler mit teuren Essenseinladungen bei Laune zu halten. Drei Tage in dieser Nichtraucher-Hölle. Diesem Paradies der Bigotterie. Nur ein Einziger von denen raucht noch. Mein Spezi, wir ziehen genüsslich auf der Toilette eine durch, obwohl es auch dort gefährlich ist. Rauchmelder aller Orten. Manchmal gönnen wir uns zwei Glimmstängel hintereinander. Auch er hasst sein Land, seitdem die Krähen-Kampagne losgetreten worden ist. Und die Tabakfirmen müssen bluten, Millionenbeträge für Krebsopfer und solche, die es nicht werden wollen.

Der Wachmann, der mich abklopft, riecht nach Rauch. Wunderbarer Geruch. Ich zwinkere ihm zu, aber er versteht das wohl falsch. Mit spitzen Fingern fischt er mein Zigarettenpäckchen aus der Brusttasche. Und natürlich, ich hätte tausend Dollar drauf setzen können, sagt er mir, dass Rauchen im gesamten Flughafengelände nicht erlaubt sei. John-F.-Kennedy-Airport. Wenn Jack das wüsste? War doch selbst ein Kettenraucher. Vielleicht sollte man den Flughafen umbenennen. Airport des unbekannten Nichtrauchers. Ich frage mich, wie dieser Wachmann seinen Nikotinspiegel hält. Der hat eindeutig nach Zigarettenqualm gerochen.

Noch fünfzehn Minuten, dann geht's in die Maschine. Jedes Mal kommt mir die Zeit länger vor. Ich brauche eine Zigarette, hört mich denn niemand, ich brauche jetzt sofort eine Zigarette!

Was waren das für goldene Zeiten, als ich in meiner Bank in der Regent Street anfing. Jeder rauchte. Jeder. Ich würde mich bestimmt erinnern, wenn jemals irgendeiner eine angebotene Zigarette ablehnt hätte. Manchmal stand am Ende der

Öffnungszeiten der bläuliche Dunst so dicht über den Bankschaltern, dass uns eine Fata Morgana erschien. Ab und zu hustete jemand. Es waren die große Freiheit und die noch größeren Abenteuer.

Dann lebte ich drei Jahre in Paris. *Très moderne.* Filterlose, schwarze Qualmbolzen, überall in der Stadt. Die Franzosen haben die besten Zigaretten der Welt. Ich kann heute noch die Werbemelodie für Gauloises pfeifen, die einen im Kinosaal schon süchtig machte. *Toujours liberté.* In Pariser Kinos gab es Raucherlogen. Das war ein Service! Die Filmmusiken von Camel und Marlboro kenne ich natürlich auch. Wo ist bloß dieses verdammte Marlboro Country? Da müsste man leben.

Zürich, zwei Jahre. Kein Problem mit dem Rauchen. Hier traf ich die Internationale der Raucherligen. Zigaretten und Zigarren aus aller Welt. Man muss sich diese Museen des guten Genusses nur mal ansehen. Paläste, Schlösser. Überall die gläsernen Kühlhäuser für kubanische Zigarren. Wie Juwelen werden sie ausgestellt. Zeig mir deine Zigarrenläden, und sich sage dir, welche Kulturstufe dein Land erreicht hat.

Und plötzlich in der *Kronenhalle*, im Herzen Zürichs, dem Traditionslokal. Ich hatte mir gerade eine Havanna angesteckt, da tritt eine Frau an meinen Tisch und sagt mit einer unendlich tiefen Stimme: »Sie sollten besser sofort damit aufhören, mein Mann ist letzte Woche an Lungenkrebs gestorben.« Ich war so perplex, dass ich sofort die Zigarre im Aschenbecher ausdrückte. Wie ein Barbar. Aber ich wusste nicht, dass diese Frau bloß eine Vorbotin der Millionen anderer Frauen war, die sich nun zu einem Kreuzzug formierten, der schlimmer war als jeder andere Kreuzzug in der Geschichte. Denn fortan wurden Millionen und Abermillionen von Rauchern, gleich welchen Geschlechts, zu miesen Tätern abgestempelt, zur Kasse gebeten, geteert, gefedert, gefoltert und um ihren schönsten Lustgewinn gebracht.

Die Schlange setzt sich in Bewegung. Wir müssen nur noch durch den Passagierfinger. Nikotin, ich komme.

Dann Berlin, die letzte Station, bevor ich wieder nach London in unser Stammhaus zurück durfte. Die Deutschen mit ihrem Regulierungswahn, mit ihrer zwanghaften Ordnungsliebe, die Hundertprozentigen. Rauchen verboten! Und wenn Rauchen verboten ist, muss man das Verbot durchsetzen. Und zwar nicht nur jeder Polizist, jeder Richter, jeder Henker, nein, jeder einzelne Bürger hatte nun das Recht, mich anzupfeifen, mir sein hässliches Gesicht zu zeigen und zu sagen: Rauchen ist hier verboten. Und wie oft bekam ich es in Berlin zu hören. Täglich bis zu zwanzigmal, ich habe mitgezählt. Manchmal bin ich auf die andere Seite der Mauer in den Osten gegangen, nur um mal ein ganzes Päckchen in Ruhe zu veraschen. Die waren da keineswegs so strikt. Allerdings hatten die ein paar Zigarettensorten, davon hätten andere Nationen Durchfall bekommen.

Die Gesichter der Nikotinwächter. Wenn ich malen könnte, würde ich eine Ausstellung veranstalten, nur mit diesen hämischen, wütenden, verbissenen, verlogenen, zynischen, bösartigen, drohenden Gesichtern.

Noch eine bigotte Krähe. Kurz bevor ich die Maschine betrete. Ich gehe schnell in die letzte Reihe der Businessclass. Das Refugium, das unsereinem geblieben ist. Eine einzige Reihe. Da, ein Aschenbecher. Was für eine Freude. Leider ist er leer, sonst könnte ich schon mal dran schnüffeln. Ich nehme die volle Zigarettenpackung aus der Brusttasche und stecke sie in die Ablage vor mir. Es kann sich nur noch um Minuten handeln, denn der Captain hat schon die Triebwerke angelassen. Triebwerke, genau, Triebwerke, die brauche ich jetzt. Wo ist mein Feuerzeug? Verdammt, ich habe es doch wohl nicht im Koffer gelassen. Nach kurzer Suche finde ich es in meiner Aktentasche. Es stammt aus Mexiko, verziertes Silber mit Halbedelsteinen. Viva Mexiko, was für ein Raucherland! Da wird gequalmt, bis einem die Lungen übergehen. Haben die jemals vom Nichtrauchen gehört? Ich glaube, es gibt im mexikanischen Spanisch nicht mal ein Wort dafür! Mexikaner rauchen, wenn sie essen, wenn sie urinieren, sie rauchen bei der Liebe, sogar unter der Dusche sollen sie rauchen. Ich bin mal in einem Tanzlokal in Guadalajara gewesen, da rauchten alle auf der Tanzfläche, Männer und Frauen. Und so angeturnt gingen sie später in die kleinen Zimmerchen, um Liebe zu machen.

Nun ist das Nikotinfieber kaum noch auszuhalten. Immer kurz bevor ich mir die erste Zigarette anstecken darf, beginnt dieses Brennen in der Gurgel. Als stehe die Luftröhre in Flammen. Fieberfantasien. Plötzlich hämmert der Puls, und die Temperatur steigt rapide an. Die Gier erreicht den Siedepunkt. Ich habe das mit meinem Arzt besprochen, selbst ein solider Rauchkumpan, bringt es auf achtzig Fluppen am Tag, er hat mir erklärt, dass das Nikotinverlangen so groß werden kann, dass man Halluzinationen bekommt. Wie ein Ertrinkender in der Wüste. Der Traum von einer Riesenzigarre, die von der Südspitze Afrikas bis nach London reicht. Und ich darf nicht daran ziehen. Nicht ein einziges Mal. Welche Qualen! Nicht zu sprechen von den labialen Verlusten. Diese ungestillte Gier, von der die bigotten Nichtraucher keine Ahnung haben.

Die Stimme des Pursers. Die üblichen Ansagen. Anschnallen, Ausschalten der elektronischen Geräte, Sicherheitsvorkehrungen. Nur der obligatorische Hinweis auf die Beachtung der Nichtraucherzeichen fehlt diesmal. »Aufgrund einer Veränderung der internationalen Bestimmungen ist dies ein Nichtraucherflug. Bitte unterlassen Sie das Rauchen während des gesamten Fluges. Auch das Rauchen im Gang oder auf den Toiletten ist ausdrücklich verboten!«

Mit einem Ruck stehe ich auf, will sofort das Flugzeug verlassen. »Ich muss raus, lassen Sie mich raus!«

»Das geht jetzt nicht mehr«, bekomme ich von der Stewardess zu hören.

»Ich habe ziemliche Magenschmerzen. Eine Kolik, kann zu Komplikationen führen!«

»Die Tür bleibt zu«, sagt der Purser.

»Ich habe meine Tochter in der Wartehalle vergessen, die hätte mitfliegen sollen.«

Keine Chance.

»Meine Mutter liegt im Sterben, ich habe gerade einen Anruf auf meinem Handy erhalten!«

Nichts zu machen. Die Maschine rollt schon. Die Stewardess führt mich auf meinen Platz.

»Haben Sie Flugangst?«, fragt sie freundlich.

»Wer? Ich? Ich sterbe, wenn ich nicht gleich eine Zigarette anstecken kann.« Vielleicht hilft die reine Wahrheit, denke ich. Aber sie droht mir umgehend: »Ich werde ein Auge auf Sie haben. Menschen, die rauchen, sind schlimmer als Raubmörder.«

Ich bin einer Ohnmacht nahe. Vielleicht wäre das die Lösung. Einfach sechs Stunden in Ohnmacht fallen. Dieses brennende Gefühl, als hätte jemand in meinen Gedärmen eine Zigarette angesteckt, die langsam verglüht.

Der Purser bemüht sich herbei und erklärt mir die Situation: »Internationale Flüge, die nicht länger als sechs Stunden dauern, sind letzten Montag zu Nichtraucherflügen erklärt worden.«

»Aber bisher waren es doch fünf Stunden«, entgegne ich wütend.

Das habe sich eben geändert. Die IATA könne sich die Prozesse nicht leisten, die von militanten Nichtrauchern angestrengt werden. Es sei wissenschaftlich erwiesen, dass Raucher sechs Stunden ohne Nikotin sein könnten, ohne dass sie körperlichen Schaden nehmen.

»Das wüsste ich aber«, widerspreche ich ihm.

Die Stewardess kommt mit dem obligatorischen Champagner und entdeckt das Päckchen Zigaretten in meiner Ablage. »Ich werde es dem Captain sagen, wenn Sie die Schachtel auch nur berühren. Am besten schmeißen Sie die Zigaretten gleich weg.« Wie zum Hohn hält sie mir einen grauen Müllbeutel hin.

Ich hätte sie umbringen können. Augenblicklich. Nur mit Mühe kann ich mich zurückhalten. Mir fallen hundert Methoden sein, sie aus dem Weg zu räumen.

Ich zappe mich durch die Programme des kleinen Fernsehapparates, der aus der Armlehne ragt. In allen Filmen rauchende Darsteller. Nicht zu glauben. Eine kleine Französin saugt an einer schwarzen Zigarette, bevor sie mit einem ungarischen Reiter ins Bett geht. «Nach einem guten Mundklistier vögele ich besser«, sagt sie und blickt lüstern in die Kamera. Mundklistier, was für ein passendes Wort für die freudige Abhängigkeit. Sofort schalte ich den Fernseher aus. Ich blättere durch die Illustrierten. Mein Blick bleibt an den Anzeigen für Zigarettenmarken hängen. Ich nehme das Wall Street Journal, überfliege die Börsenkurse. Zigarettenmultis befinden sich im steilen Anflug. Wie steht Marlboro Incorporated?

Die Stewardess taucht hinter mir auf. »Na, haben Sie sich beruhigt? Am Nichtrauchen ist noch keiner zugrunde gegangen«, verhöhnt sie mich, »aber am Rauchen schon Millionen. Darüber sollten Sie mal während unserer Atlantiküberquerung nachdenken.« In Gedanken versuche ich ein Gebet, um mich abzulenken, *ora et marlbora* fällt mir ein, wie es im vatikanischen Kanon heißt, aber es hilft nicht mehr. Ich ziehe mein kleines Ätherbesteck hervor, das ich immer bei mir trage, um während des Fluges ein paar Stunden Schlaf zu bekommen, und presse es der unverschämten Stewardess über Mund und Nase, als sie gerade in der Kombüse mit dem Aufwärmen der Businessclass-Mahlzeiten beginnen will. So, jetzt ist Ruhe. Die schläft. Für immer, hoffe ich.

Leider taucht der Purser wenige Sekunden später auf. Er entdeckt die leblose Stewardess in der Küche. Ich muss umgehend handeln. Das wäre ein zu großes Risiko. Noch ist mein Ätherfläschchen gut gefüllt. Er wehrt sich heftig, aber hat keine Chance. Mit einem geschickten Knebelgriff halte ich ihn in Schach. Er schnauft heftig, schnauft sich in den großen Schlaf. Glücklicherweise hat er meine Körpergröße, sodass ich mit ihm die Kleider tauschen kann. Die Uniform steht mir gut. Ich liebe schicke Uniformen, wenn sie nicht gerade von Nikotinwächtern getragen werden.

In der Bordapotheke finde ich eine schöne Ladung Arsen. Für Schmerzfälle aller Art. Habe ich denn keine Schmerzen? Ist mein Nikotinspiegel nicht so weit gefallen, dass ich dringend etwas dagegen tun muss? Ich versetze den Champagner mit einer anständigen Dosis Arsen und serviere in der Businessclass. Eine zweite Runde gefällig. Jeder der fünf Fluggäste greift beherzt zu, um kurz darauf in tiefen Schlaf zu verfallen. Ruhet sanft, *requiescat in pacem*. Sie werden wohl nicht alle gestorben sein.

Auf jeden Fall habe ich mein Ziel erreicht.

Die erste Zigarette, nach ein paar Millionen Jahren, was für eine Erleichterung. Und was das Größte ist: Niemand stört mich.

Der erste Zug, er geht bis in die Zehenspitzen. Streicht über die Zunge, füllt den Mundraum, durchströmt die Luftröhre, durchfährt die Lungenflügel, senkt das Zwerchfell. Sofort regen sich im Kopf die Nervenlichter. Als würde das Gehirn von innen ausgeleuchtet. Überall Freudentaumel, überall Feierstimmung. Der erste Zug, tief inhaliert, kommt einer Wiedergeburt gleich. Für mich ist der erste Zug wie ein Versprechen, dass mir nun nichts mehr, gar nichts mehr geschehen kann. Jetzt fühle ich mich sicher und kräftig, bereit zu neuen Ideen und Taten, jetzt fühle ich mich endlich wieder in all meinen Gliedern.

Die nächsten Züge verstärken dieses Gefühl. Nikotin ist wie eine Parabel, die steil in den Himmel ansteigt. Warum sollte ich am Ende der ersten Zigarette innehalten?

In diesem Augenblick geht die Tür zum Cockpit auf und der Co-Pilot mit weißen Halstüchelchen erscheint.

»Das steht Ihnen über die Maßen gut«, versuche ich eine Schmeichelei.

Aber er geht überhaupt nicht darauf sein, sondern brüllt mich auf unverschämte Weise an, ich solle sofort das Rauchen einstellen. Ob ich denn seine Ansage von vorhin nicht gehört habe? Der Co-Pilot fühlt sich in seiner starken Männlichkeit nicht ernst genommen. Er zieht ein Notizbüchlein aus der Brusttasche und fordert mich auf, meinen Namen zu sagen. »Jack Wright«, stammele ich. »Sie erscheinen ab sofort auf der schwarzen Liste, seien Sie froh, wenn Sie mit drei Jahren Flugverbot davonkommen!« Er schwuchtelt ein wenig mit der Stimme herum.

Auch wenn es politisch nicht ganz korrekt sein mag, ich muss ihn aus dem Weg räumen. Gerade hat er die Leichen in der Businessclass entdeckt, er beugt sich über einen älteren Passagier, der noch ein bisschen vor sich hinröchelt, da ziehe ich sein weißes Halstuch so fest zusammen, dass er gleich neben den Arsen-Opfern zu Liegen kommt. Muss sich ein Co-Pilot derartig aufdringlich einem Raucher gegenüber aufführen?

Ich nehme meinen Platz wieder ein und entzünde die zweite Lippenbürste. Sie schmeckt auch nicht schlechter als die erste. Mein Blick gleitet über die tief schlafenden Mitflieger. Wenn sich auch nur einer als Leidensgenosse zu erkennen gegeben hätte ...

Im Hochgefühl schalte ich den Fernseher wieder an. Die Französin ist noch immer mit ihrem ungarischen Reiter zugange. Oder ist das ein Pornofilm, den man extra bezahlen muss?

Ich verspüre ein wenig Durst und gehe in die Kombüse. Schließlich ist die Servicemannschaft für die Businessclass ja vorübergehend ausgefallen.

Kurz darauf kommt eine Stewardess. Lorna heißt sie, ein brünettes Wunder. Sie strahlt mich an, obwohl ihr Gesicht gerade noch ziemlich erschreckt war. Sie zeigt auf die beiden Kollegen am Boden, ich ziehe die Schultern hoch. Wir verweigern beide die Kommunikation, aber ich spüre, dass Lorna mich mag. Oder hat sie Angst vor mir? Sie will wissen, wie ich in die Uniform des Pursers komme.

Ich erwidere, dass ich den Kollegen vertrete, der im Moment ein wenig unpässlich sei, wahrscheinlich komme er bald wieder auf die Beine. »Ich war jahrelang bei Pakistan Airlines beschäftigt, *a famous purser,* und da war auf allen Flügen Rauchen erlaubt.«

Lorna begreift meine Anspielung nicht recht. Ich versperre ihr den Blick in die Businessclass, das könnte zu Komplikationen führen. Aber ich bin bereit, ihr beim Service zu helfen. Schließlich wollen die Fluggäste in der Economyclass ja auch irgendwann mal ihr Lunch einnehmen.

»Pakistan Airlines?«, fragt Lorna mich noch einmal.

»*A famous purser*«, bestätige ich ihr.

Es gibt Hähnchenschenkel in Curryrahm, dazu leuchtend grünes Brokkoligemüse und Minikartoffeln. Ich wusste gar nicht, dass die so klein wachsen können. Jeden Fluggast frage ich, ob er nach dem Essen gerne eine Zigarette rauchen möchte. Was für strahlende Mienen, welche Rauchlust in ihren Augen. Bei manchen spüre ich die gleiche Gier, die mich stets erfasst. Ich teile ihnen ganz ruhig mit, dass wir eine kleine Abstimmung im Flieger durchführen würden. Demokratie muss sein, wenn es mehr Raucher als Nichtraucher auf diesem Flug gebe, dann werde das Rauchverbot wieder aufgehoben.

»Und wenn wir in der Mehrheit sind?«, sagt eine Antinikotin-Suffragette ...

Da sehe ich durch den schmalen Spalt im Vorhang, der die beiden Passagierklassen voneinander trennt, dass der Captain das Cockpit verlässt. Er beugt sich über den Co-Pilot und versucht ihn zu reanimieren. Scheinen wohl näher befreundet zu sein, die beiden. Sofort eile ich herbei und fordere ihn mit mächtiger Stimme auf, wieder seinen Platz einzunehmen. Wie hypnotisiert befolgt er meinen Befehl. Ich sage es doch, zwei Zigaretten, und schon ist die alte Kraft wieder hergestellt.

Ich muss den Captain ein wenig nötigen, aber schaffe es ohne Probleme, ihn mit den Kreuzgurten auf dem Pilotensitz festzuschnallen. Sie sitzen wohl ein wenig stramm. Als er nach dem Mikrofon greift, reiße ich die gesamte Vorrichtung heraus. Der Funkkontakt zum Boden ist vorläufig unterbrochen. Oder für immer? Ich sehe Panik in den Augen des Captain, aber ich kann ihn beruhigen. »Ich habe ihren Freund nur Schlafen gelegt, weil er sonst einen schweren Fehler begangen hätte«, sage ich.

»Hymie ist tot«, bekomme ich zur Antwort.

Das nehme ich ihm nicht ab. »Tun Sie, wozu Ihre Fluggesellschaft Sie eingestellt hat, dann wird Ihnen nichts passieren!«

Der Captain nickt diensteifrig. Wahrscheinlich wurde auch diese Ausnahmesituation in seinen Schulungen durchgespielt.

Als ich das Cockpit verlasse, entdecke ich einen Passagier, der schreiend davonläuft. Sehe ich wie ein Monster aus? In der Uniform des Pursers. Pakistan Airlines! Der Mann informiert die anderen Fluggäste, was er in der Businessclass entdeckt hat. Ich setze mich auf meinen Platz und zünde mir erst mal eine Lulle an. Über Bordlautsprecher gebe ich bekannt: »Das Rauchen ist auf allen Plätzen erlaubt.« Wollen doch mal sehen, wer hier länger die Nerven behält.

Lorna kommt vorbei. Ihr bleibt jedes Wort im Halse stekken. Aber sie nimmt mein schickes Schiffchen vom Kopf und streichelt mir über die Haare. Da ich gut Mienen lesen kann, weiß ich, was in Lorna vorgeht. Sie hat Angst, ganz klar. Und wahrscheinlich hat sie recht.

In der Economyclass bricht ein Krieg aus. Nichtraucher gegen Raucher. Jetzt geht es ums Prinzip des ... *non smoking!* Eine militante Anti-Nikotin-Jeanne-d'Arc erledigt ihren Nebenmann mit einer Nagelschere. Ein Mord, der Folgen haben wird. »Nimm doch die Pfeife aus dem Maul, du Hund«, surabayat eine.

Mitten im Schlachtgetümmel, der Geruch der Guillotine, aber auch der wundersame Duft eines Joints. Es gibt also doch noch Menschen mit Passionen. Ich eile zu dem Mann, der sich als J. B. Cool zu erkennen gibt. Voller Überzeugung raunt er mir zu, wir säßen alle in einem fliegenden Hund und eilten über die Kontinente hinaus in die schwarze Sternennacht. Ein Flug, der hoffentlich ewig andauern werde.

Ich nehme ein paar Züge aus seiner Tüte und spüre sofort, dass der Mann in San Francisco eingekauft hat. *Sinsemilla d'oro.* Leider sind dies die wenigen friedfertigen Momente in einem Chaos, das sich immer weiter steigert. Schon glaube ich, dass sich zu viele Passagiere auf der linken Seite des Fliegers im Kampfgetümmel befinden, und ich sorge dafür, dass wieder alle ihre Plätze einnehmen.

Auch Lorna macht sich Sorgen. Diesmal findet sie ein paar Worte, die ihre Panik anzeigen: »Jack, wo werden wir enden?«

»Im Himmel«, erwidere ich, »im Himmel, Lorna. Alle guten Raucher kommen in den Himmel!«

Ich küsse sie sanft auf Haar und Ohrläppchen, Nasenspitze und Schmollmund und führe sie zu meiner Sitzreihe. Sollen die sich doch dahinten die Köpfe einschlagen. Touristenpack. Lorna bietet mir ihre Liebe an, wahrscheinlich um mich zu beruhigen. Ich weiß nicht recht, ob das hier im Flieger so ohne Weiteres möglich ist. Aber da die Businessclass weitgehend verstummt ist ... Keine Angst vorm Fliegen. Wer sollte uns stören? Während wir uns lieben, erzähle ich ihr, was sich bei Pakistan Airlines hinter den Vorhängen abgespielt hat. Ein internationales Liebesspiel von solch asiatischen Ausmaßen, dass selbst die Skulpturen von Khajurao rot wurden.

Lorna hat noch nie nach dem Geschlechtsverkehr geraucht. Auch das bringe ich ihr bei. Sie prustet und hustet, spuckt und speit, es scheint ihr jedoch ein wenig zu gefallen, dass sie nun in die Welt der Erwachsenen aufgenommen worden ist. Ich spüre, dass sie auch ein bisschen in Panik gerät, aber versucht, es sich nicht anmerken zu lassen. Lorna hat eine solche Liebesfähigkeit, dass ich glaube, wir könnten noch ein *action replay* versuchen. Aber leider werden wir unterbrochen.

Ein britischer Major hat einen Stoßtrupp zusammengestellt. Er ist im 1., 2. und 3. Weltkrieg hoch dekoriert worden, nicht zu vergessen in Indien, und will nun beweisen, was in einem Lord Mountbatten steckt. Er hat zu einer Meuterei aufgerufen, tatsächlich haben sich zwei weitere Freiwillige gefunden. Ein ehemaliger Flieger der Force de frappe und ein italienischer Zivilist, der allerdings bei einem früheren Händel einen Arm verloren hat. Lord Mountbatten unterweist die Aufständischen, deren erstes Ziel zu sein scheint, mich gefangen zu nehmen. Da helfen weder Liebessäfte noch Nikotinkräfte, es gelingt den dreien, mich dingfest zu machen. Was mich allerdings am meisten enttäuscht, ist Lorna. Sie hat schneller die Seite gewechselt, als ich bis drei zählen konnte. Die Meuterer fesseln mich mit ihren Krawatten. Ich erkenne die Muster von Armani und Brioni, reine Seide, leider sehr reißfest. Als ich mich nicht mehr bewegen kann, verschwinden die Aufständischen im Cockpit.

»Dieser Wright ist durchgeknallt! Dieser Wright ist gemeingefährlich!! Dieser Wright sollte am besten ...« Und dann diskutieren sie doch tatsächlich hinter der Cockpittür, mich in 12.000 Metern Höhe durch eine Notschleuse ins Freie zu entsorgen. Bei minus 52 Grad.

Als Lorna das mithört, durchfährt sie ein Schauer des Mitleids, und sie wechselt erneut die Seite. Mit einem scharfen Messer, mit dem man die Pulsadern der Länge nach auftrennen könnte, befreit sie mich von den Krawattenfesseln und hilft mir, das Cockpit zu verrammeln. Nun sind die Meuterer samt Captain unsere Gefangenen.

»Ihre Aufgabe, meine Herren, wird darin bestehen, die Maschine heil runterzubringen«, befehle ich durch die Cockpittür. Lorna und ich schauen uns sehnsüchtig an. Oder ist sie doch die schielende Karen Black aus dem Airport-Film?

Über den Bordlautsprecher gebe ich die Anweisungen für eine Notfall-Übung. »Keine Sorge, unser Flug befindet sich nicht in Gefahr«, säusele ich, »aber nach den neuesten internationalen Vorschriften müssen auf Langstreckenflügen solche Manöver abgehalten werden.« Zum Beweis lässt Lorna die Sauerstoffmasken vom Kabinenhimmel sausen. Das erstickt jede Nachfrage der Passagiere. Panik pur. Alle greifen hastig nach den Masken, als sei der Ernstfall schon da. *Put the mask over mouth and nose and breath normally.* Ich kann der Versuchung nicht widerstehen und gieße den Rest meines Äthervorrats in den Sauerstoffschlauch. Nach und nach sinken die Passagiere in eine schöne Narkose. Schlaft gut, ihr Schäfchen! Hoffentlich hat auch die Anti-Nikotin-Suffragette genug abgekommen.

Ich sehe Lorna an, dass sie wieder kurz davor ist, die Seite zu wechseln. »Ich warne dich«, sage ich. »Wenn du einen Absturz vermeiden willst«, vertraue mir.

Der Zustand der Mitreisenden erlaubt es mir, eine schöne Auswahl der besten Zigarettenmarken der Welt anzulegen. In dem Körbchen, das für die warmen Frischetücher vorgesehen ist, sammele ich Glimmrollen aus Guam, Knasterkerzen aus Kanada, Festrüben von den Fidschi-Inseln, Stinkadores aus Honduras.

Nur J. B. Cool hat sich nicht in Panik reden lassen und die Ätherdosis als willkommene Auffrischung seines Rausches genommen. Er sitzt haschischselig auf seinem Sitz und schwingt in unserem fliegenden Hund weit hinaus. Wahrscheinlich hört er bereits die dreiklängige, halluzigone Sphärenmusik.

Plötzlich wird die Cockpittür aufgebrochen und Lord Mountbatten, ausgezeichnet im 1.,2. und 3. Weltkrieg, nicht zu vergessen in Indien, hält mir eine Pistole an die Schläfe: »Hier ist Rauchen nicht erlaubt!«, brüllt er in mehr Sprachen als der Papst *urbi et orbi* sagen kann.

Lorna und ich sind entwaffnet, um nicht zu sagen, wir haben dem nichts entgegenzusetzen. Keine Waffen, keine Gewalt, ich versuche einzulenken.

Friedensverhandlungen stehen an. Ich schicke Lorna vor, während ich mir in Ruhe noch eine letzte Fluppe anstecke. Das können die Meuterer nicht als Kriegsgrund ansehen. Auch bei anderen Waffenstillständen wird ja weitergeschossen. Jedem Hinzurichtenden wird eine letzte Fluppe gewährt, selbst wenn er sein ganzes Leben Nichtraucher gewesen sein mag.

Die drei Aufständischen haben den Captain von seinem Sitz befreit. Er hat sich den Meuterern angeschlossen und strahlt wie ein Fünf-Sterne-General bei der Ordensverleihung. »Wir fliegen mit Autopilot«, ruft er mir beruhigend zu.

Na ja, denke ich, und schon gerät das Flugzeug in eine Schieflage, in der der Turm in Pisa *good-bye* gesagt hätte.

Plötzlich befindet sich die Maschine in Rückenlage. Die schlafenden Passagiere fallen aus ihren Sitzen und tummeln sich zwischen Koffern, Orangen, Hüten, Schnapsflaschen. Herren- und Frauenmagazinen, Schirmen und Melonen, Büchern von wichtigen Autoren, Präservativen und Stützkorsetts. Es ist eine so vollkommende Mischung von unnützen Reiseutensilien, dass man damit einen Kolonialwarenladen aus der ersten Welt bestücken könnte.

Ich stehe kopf und wache schweißüberströmt auf.

Hat jemand an meinem Bett gerüttelt? Ich schaue nach allen Seiten, auch unter das Lattenrost. Niemand da.

Was für ein Albtraum? Ich versuche, mich an Bruchstücke zu erinnern, aber die Szenen verschwinden schneller als geträumt.

Ich taste mit geschlossenen Augen zum Nachttisch, schalte den Wecker aus, ertaste das Ätherfläschchen, erspüre die Lampe, wo sind denn ...

Erschreckt fahre ich hoch. Kein Aschenbecher da und auch keine Zigaretten.

Nun fällt mir ein, dass ich mich gestern zum Nichtraucher erklärt habe. Am Tag des goldenen Jubiläums. Fünfzig Jahre ununterbrochener Nikotinkonsum. Nicht einen Tag hatte ich aufgehört, niemals auch nur einen Versuch aufzuhören unternommen. Aber gestern war es soweit. Ich hatte mich, natürlich mit Rücksprache meines Arztes, einem militanten Ex-Raucher, lange auf diesen Tag vorbereitet. Hätte nur noch gefehlt, dass ich eine Anzeige in den führenden Zeitungen aufgeben hätte: Jack Wright fasst mit dem heutigen Datum keine Zigaretten mehr an. Bitte weitersagen. Jeder, der ihm eine anbietet, wird standrechtlich erschossen.

Es klingelt an der Wohnungstür. Obwohl ich noch nicht ganz wach bin, schwinge ich mich aus dem Bett.

»Entschuldigung«, sagt die junge Frau, »ich heiße Christine Söderbaum, wohnt hier nicht ...«

»Komm rein, Lorna«, erwidere ich, »komm rein. Ich habe den Champagner schon kalt gestellt ...«

»Ich bin nicht Lorna«, die Frau weicht einen Schritt zurück.

»Keine Angst, Lorna«, beruhige ich sie, »der Champagner ist garantiert ohne Arsen. Hast du zufällig eine Zigarette?«

Die Rebecca-Bo-Trilogie

Hangover in Jever

Dies ist eine Geschichte für Bo Skog, meinen treuen Begleiter über fünfzehn Jahre, der so tragisch aus dem Leben verschwand. Kurz bevor er sein größtes Ziel erreicht hatte.

Bo war Fotograf. Er sprach nicht viel. Aber wenn, dann meistens in Reimen. Diesen Zweizeiler bekam ich in jedem Sommer zu hören, mindestens dreimal am Tag:

Immer wenn die Sonne lacht
Scharf gestellt und Blende 8.

Ach, ich habe mich ja noch gar nicht vorgestellt, ich heiße Rebecca Eng, Journalistin bei einer Zeitung, deren Namen Sie gleich wieder vergessen sollten. Es ist die einzige Zeitung in Lycksele.

Was, Sie kennen Lycksele nicht? Da kommen doch jedes Jahr mehr Deutsche hin. Wegen des Goldes. Ja, tatsächlich, in Lycksele soll es mal eine Goldader gegeben haben. Die Einwohner haben Angst, dass ihnen die deutschen Touristen das Gold wegschnappen und eine eigene Company gründen. Und dann haben wir noch einen Tierpark, aber das nur nebenbei.

Lycksele nennt man auch Stockholm in Lappland, wirklich, das müssen Sie mir glauben, wir sind eine Großstadt. Hier oben im Norden, meine ich. 15.000 Einwohner. Mindestens. Die Ungeborenen schon mitgezählt.

Ist die Stadt auch noch so klein
will sie doch belichtet sein.

Wieder so ein Vers von Bo. Der konnte gut reimen. Wirklich. Und er fotografierte gerne die Luft. Nur die Luft. Manchmal war ein winziger Vogel auf dem Foto. Sonst nur Luft. Besonders gerne unsere saubere lappländische Luft. Aber Bo Skog musste jeden Tag Fotos machen, die ihm überhaupt nicht gefielen. *Storgatan* von unten, *Storgatan* von oben. *Storgatan* ist unsere Haupteinkaufsstraße, müssen Sie wissen. Fußgängerzone. Siebzig Meter lang. Wie gesagt, Stockholm in Lappland.

»Lycksele« bedeutet so viel wie »Lichtung, die sich zum ruhigen Wasser öffnet«. Und Wasser, kann ich Ihnen sagen, Wasser haben wir hier genug. Und Bäume. Tannen. Tannen. Tannen, so viel Sie tragen können. Dann gibt es noch Tiere: Elche, klar, jede Menge Wild, rotes, schwarzes, gelbes, und blau-gelbes, aber das nur bei IKEA. Und Luchse. Letztes Jahr hat Bo mal einen Luchs fotografiert. War auf der Seite 1 unserer Hauptstadtzeitung abgebildet. Ganz toll. Und wie stolz Bo war.

Am besten du die Zeitung liest
am Ort, wo du die Leitung ziehst.

Der Vers wurde natürlich nicht abgedruckt. War ja nicht anders zu erwarten. Weil in Lycksele so wenig passiert – haben Sie schon gemerkt, was? –, steht in der Zeitung immer das Gleiche.

Das hatten Bo und ich satt. Wir wollten ins echte Stockholm, zu *Dagens Nyheter,* das ist eine richtige Zeitung. Und beinahe hätten wir es ja auch zusammen geschafft. Wenn er nicht plötzlich verschwunden wäre.

Jedes Jahr gibt es bei uns einen Wettbewerb. Wenn der Fluss, die *ume älv,* zugefroren ist, wird ein besonders großer

Felsbrocken aufs Eis geschafft und jeder darf raten, wann er ins Wasser plumpst. Aber genau bitte. Monat. Tag. Stunde. Minute. Einmal war ich ganz nahe dran. Ich hab gesagt: 1. April um 11.11 Uhr – und wann krachte der blöde Fels ins Wasser? Genau zwei Tage später. Im April und Mai stehen die Lyckseler Stunde um Stunde an der *ume älv* und warten, dass was passiert. Manche haben dabei den Mund offen.

Versinkt im Fluss der schwere Stein
wirst du reicher als ein Schwein.

Als ersten Preis gibt es einen Flug nach Stockholm für zwei Personen, als zweiten Preis ein *happy meal* bei Frasses Burger an der Tankstelle von Lycksele. Mancher Gewinner hat sich den Felsbrocken aus dem Fluss bergen lassen und ihn im Vorgarten aufgestellt. Mit eingemeißelter Jahreszahl. Ganz schön teuer, so ein Preis.

Jedes Jahr müssen wir die Bürger befragen, was sie wetten würden. Für die Zeitung, versteht sich. Was meinen Sie, wann bricht der Stein durch die Eisdecke? Und Bo muss die dummen Gesichter fotografieren. Ja, ich weiß nicht, mal sehen, vielleicht, könnte ja dieses Jahr anders als sonst, oh, das weiß ich doch nicht und so weiter und so weiter.

Wie gesagt, wir hatten das satt.

Die Goldgeschichte gab ja auch nichts her. Was wollen Sie in der Zeitung bringen, wenn niemand auch nur ein Körnchen findet? Und für so ein Foto muss das Körnchen Gold schon größer als ein Streichholzkopf sein.

Hat er nur vom Gold genug
wird so mancher Dummkopf klug.

Wie sollten wir es schaffen, zu *Dagens Nyheter* nach Stockholm zu kommen? Wir brauchten einen Einfall, einen Coup, und zwar einen ganz großen. Nur weil im Frühjahr ein dicker Stein ins Wasser plumpst, gelangt niemand auf den Mond, oder?

Und dann kam die Geschichte mit der *Silver Bar*. Das war unsere große Chance. Bo hat das gleich gewusst. Der hat so einen Riecher, ein Trüffelschwein sagen manche in der Branche. Nur dass in Lycksele keine Trüffel gefunden werden.

Die *Silver Bar* ist nur für Frauen. Tatsächlich, so was gibt es in Lycksele. Und warum? Weil die Männer unterwegs sind. Sobald im Februar der Schnee fest genug ist, steigen sie auf ihre Schneeskooter – und wusch, sind sie weg. Mancher am Montag, mancher am Dienstag, mancher montags bis freitags. Einfach mit dem Schneeskooter wusch durch die Wälder brausen. So wie die einsamen Wölfe sind unsere Männer. Nur eben motorisiert. Und was machen die Frauen so lange? Sie gehen in die *Silver Bar*.

Bo, hab ich gesagt, da musst du draußen bleiben.

Och, hat er geantwortet. Und es fiel ihm nicht mal ein Zweizeiler dazu ein.

Ich ging häufiger mal hin. Was sich die Frauen dort für Geschichten erzählten? Unglaublich. *Utroligt*. An der Wand sah ich eine Reklame. *Drick och bli smal. Get thin while drinking.* Vom Biertrinken abnehmen, das hatte ich noch nie gehört. Man muss sich ja nur die Bäuche der Kerle ansehen. Die passten ja manchmal nur schwer unter die alte Winterjacke oder auf so einen flotten Schneeskooter. Als ich Bo von dieser Reklame erzählte, sagte er folgenden Satz.

Bier macht dünn,
Werbung macht dünner.

Ich musste eine Zeitlang überlegen, was er damit gemeint haben könnte, denn der Satz lappte ja ins Philosophische hinüber. Jedenfalls in Lycksele.

Zurück zu den Frauen in der *Silver Bar*. Die logen, dass sich die Balken bogen.

Ich wusste gar nicht, dass Frauen überhaupt lügen können. Oder, meine Damen?

Männer lügen hier in der Gegend ständig. Da wird aus jedem Fisch ein Elefant, nur um uns Mädels rumzukriegen. Mit jedem Glas Bier wird der Elefant größer, bis nur noch der Rüssel zu sehen ist.

Aber warum logen die Frauen? Eine erzählte, dass sie letzte Woche über die Berge zum Nordpol geflogen sei. Eine andere sagte, sie hätte in flüssigem Gold gebadet. Eine dritte prahlte, sie sei in einem Heuhafen eingeschlafen und habe mit Bruce Willis Sex gehabt. Starkes Stück, was?

Die anderen Frauen waren gar nicht misstrauisch. Die glaubten jeden Scheiß. Wenn ich Bo am nächsten Morgen traf und ihm erzählte, was ich schon wieder für Storys in der *Silver Bar* gehört hätte, sagte er nur:

Den kleinen Joint am Nachmittag
auch die lappländsche Hausfrau mag.

Das hätte mich auf die Spur bringen können, aber ich war weit davon entfernt zu ahnen, was sich hinter der weiblichen Prahlerei verbarg. Und was das Schlimmste war, auch Bo glaubte mir kein Wort. Also steckte ich ihn in Frauenkleider und schmuggelte ihn ein.

Da machte mein Bo aber Ohren. Eine Frau erzählte, sie habe am Wochenende einem Bären seinen Pelzmantel geklaut. Eine andere gab an, sie habe mit dem Eiffelturm getanzt. Und eine dritte meinte, der Premierminister habe letzte Nacht um ihre Hand angehalten. Igitt.

Bo sagte mit verstellter Stimme: »Das kommt vom Bier, Rebecca. Bestimmt, das kommt vom Bier. Kann gar nicht anders sein. Die saufen sich die Hucke voll mit diesem neuen Zeugs, und dann heben sie ab. Was ist das nur für ein Bier?«

Wie gesprächig mein kleiner Bo plötzlich geworden war.

Ich befragte am nächsten Abend die beiden Lesben, denen die *Silver Bar* gehörte.

»Tja«, sagte die ältere von beiden, die einen Ledergürtel trug, der so breit war wie Brunhildes Schwert, »wir haben eine Lieferung aus Deutschland bekommen. Jever. Liegt irgendwo an der Küste. Ist jedenfalls ein Leuchtturm auf der Werbung drauf. War ganz günstig, die Lieferung. Und seitdem ist hier die Hölle los. Na ja, jedenfalls haben wir schon nachbestellt. Das Bier findet unglaublichen Zuspruch.«

Gemeinsam mit Bo schaute ich auf die Landkarte. Ganz schön weit weg, dieses Jever. Irgendeine Großstadt in Norddeutschland. So ganz an der Küste schien es uns jedoch nicht zu liegen.

Aber, Spürnasen, die wir beide sind, haben wir uns gleich nach Deutschland aufgemacht. Das Rätsel mit dem Lügen-Bier müsste zu lösen sein. Das wäre mal eine tolle Geschichte.

Schläft der Schreiberling am Morgen
macht sich der Verleger Sorgen.

Bo, ach Bo, wenn du doch nur noch an meiner Seite wärst. Ich vermisse dich so, mein Bo.

Wir fuhren mit dem Zug nach Malmö, setzten mit der Fähre über. Ziemlich viele betrunkene Landsleute, aber die hatten das ganz normale Jever in der Birne und lallten vor sich hin. Das machte sie auch nicht gerade attraktiver.

Bo entdeckte die Werbung für einen dänischen Kondom-Service. *You call, we come.* Rufen Sie an, wir kommen. Na, da muss jemand etwas missverstanden haben. Mehr ist über Dänemark nicht zu erzählen.

Endlich erreichten wir die deutsche Grenze. Die Zöllner fragten uns, ob wir getrunken hätten.

»Wieso«, sagte Bo, »darf man keinen Alkohol mehr über die Grenze schmuggeln?«

»Nicht mehr als einen Liter«, sagte der Zöllner.

»Dann sind wir nicht betrunken, Herr Oberhauptwachtmeister.«

In Deutschland war Wahlkampf. Gut so. Irgendwann musste man das Volk ja auch mal fragen, was es außer Bier noch gerne hätte und wie die Zukunft aussehen sollte.

Seht mal wie die Sonne lacht
das hat die SPD gemacht.

Man hätte Bo die Wahlkampfverse schreiben lassen sollen, dann hätten die Deutschen wenigstens was zu lachen.

Aber am besten gefiel mir dieser:

Auch für Du
C D U.

Diese Deutschen sollen ja eine Rechtschreibreform nach der anderen gemacht haben. Bei den Preußen hast du ein Komma falsch gesetzt und bist von der Schule geflogen. Jetzt ist ja wohl alles möglich. Vom Wirtschaftswunder zum Rechtschreibwunder.

Zurück zum Bier. Tage später erreichten wir Jever. Und fühlten uns sofort zu Hause. Was für eine nette Stadt, die schönen Plätzchen und der kleine Fluss, sogar ein Schloss, lauschig. Die Leute so was von freundlich, die geben ja sogar Antwort, wenn man sie fragt. Das kann einem in Lycksele nicht passieren. Und alle können Englisch, sodass wir sogar was fragen konnten.

Wir gingen ins Hotel *Zur Post*, mit Blick auf die Brauerei. Denn dahin sollte uns ja unser erster Weg führen.

Kaum hatten wir eingecheckt, gab es eine saftige Überraschung, *a real surprise*, wie Agatha Christie immer sagte.

Treffen heute nach Sonnenuntergang am ersten Kanaldeckel in der Fußgängerzone. Ich spreche Sie an. Gezeichnet M.

Ich schaute Bo an. Er schaute mich an. Wir schauten den Mann an der Rezeption an. Wir schauten zu dritt nach draußen. Nichts zu sehen. Wer wusste, dass wir hier waren? Oder was wir wollten? War das Geheimnis um das schlankmachende Bier, das seine Konsumenten wilde Abenteuer erleben ließ, derart wichtig?

Bo hat mich noch gewarnt: »Wir gehen da nicht hin, Rebecca.« Wusste er schon, was ihm blühte? Bo konnte manchmal ganz vorausschauend sein.

Wenn du nicht mehr weiter weißt
am besten du nach Lappland reist.

Leider wurde sein Werbespruch, der in Deutschland an allen Plakatwänden hängen sollte, abgelehnt. Damit wäre Bo berühmt geworden und hätte nicht jedes Jahr die dummen Gesichter in Lycksele fotografieren müssen.

Wir gingen hin. Zum ersten Kanaldeckel.

Kaum war die Sonne weg, kam der Mann. Wie Johnny Walker. Ganz in schwarz. Nicht mal Sehschlitze hatte sein Umhang. Er hob den Gullydeckel an und ließ uns hinuntersteigen.

Pah, das müssten Sie sehen! Ganz Jever ist unterkellert. Ein Gang nach dem anderen. Kreuz und quer. Hin und her. Ein riesiges Netzwerk von Gängen und Höhlen.

Bo sagte leise, damit es der schwarze Mann nicht hören konnte: »Meinst du, die haben hier auch so eine Wette, wann die Stadt durch den Erdboden bricht? Das ist sicher schwer vorherzusagen.«

Ich schüttelte nur den Kopf.

Nach einer halben Stunde strammen Marschierens hielten wir an. Der schwarze Mann war in der Dunkelheit verschwunden. Bo reimte, diesmal vor lauter Schiss.

Keine Angst vorm schwarzen Mann
solang man ihn noch sehen kann.

In einer gut beleuchteten Höhle saß ein Grüppchen von Männern, gekleidet in weiße Umhänge mit lustigen Kappen auf den Köpfen, jede in einer anderen Farbe.

»Ich heiße Andreas«, sagte einer, stand auf und schaute in die Runde, »und ich habe letzte Woche München leuchten sehen. Es strahlte ganz hell über unser Land. Einfach wunderbar. Und später leuchteten auch noch Stuttgart und Frankfurt. Es war zauberhaft. Deutschland soll wieder leuchten.«

Das muss ein Politiker sein, dachte ich. Aber sagte erst mal nix.

»Kennst du die Sekte?«, fragte Bo leise, um uns nicht zu verraten. Aber niemand schien uns zu bemerken.

Dann stand der Nächste auf. »Ich heiße Joachim. Ich habe nach unserem letzten Treffen mit Julia Roberts, der *pretty woman*, geschlafen. Das ist ein Weib! Ich kann euch sagen, bei der müsst ihr auch mal anklingeln.«

Ich schaute zu Bo hin. Merkte der gar nichts? Aber Bo war irgendwie in einer anderen Welt.

Rebecca, sagte ich mir, kümmere dich um deinen Fotografen, der hebt gleich ab. Ich war jedoch so fasziniert von diesen Männergeschichten, dass ich immer nur weiter zuhören wollte.

»Ich heiße Karl-Uwe, und ich habe letzte Woche nichts erlebt.«

Oh, schade, nein, wie dumm, tut uns wirklich leid für dich, Karl-Uwe, aber heute wirst du bestimmt wieder was erleben.

»Ich heiße Fritz, und das ist kein Witz.«

Alle lachten, obwohl sie den Satz bestimmt schon tausend Mal gehört hatten.

Fritz fuhr fort: »Ich habe einen Flug zur Venus unternommen, und ich muss euch sagen, Sie ist rot geworden, sogar röter als der Mars, als sie mich gesehen hat. Was ein echter Jeveraner ist ...« Mehr sagte Fritz nicht.

In was waren wir da nur hineingeraten?

Plötzlich war Bo verschwunden. Ich stand wie angewurzelt an meinem Platz.

»Bo«, rief ich erst leise. »Bo«, dann etwas lauter. »Bo«, schrie ich. Keiner der Männer drehte sich um. »Bo!«

Nichts. Keine Reaktion.

Bo war weg.

Ich hätte sofort zur Polizei gehen sollen. Ich hätte eine Anzeige erstatten sollen. Ich hätte mich kümmern müssen.

Aber was tat ich, ich dumme Pute?

Ich wollte den großen Coup. Denn eines war doch felsenfest klar. Die Männer in Jever prahlten genauso wie die Frauen in Lycksele. Da musste doch ein Zusammenhang bestehen. Nur: Diese Männer unter Jever tranken kein Bier, obwohl es über ihren Köpfen millionenhektoliterweise lagerte.

Ich weiß nicht, wie ich in dieser Nacht ins Hotel zurückgefunden habe. Keine Ahnung. Vielleicht ein guter Geist aus Jever. Ein freundlicher Mensch, der meine schwedische Verwirrung nicht ausgenutzt hat. Nachts sind alle Schweden blau, das kennen sie doch, oder? Oder blau-gelb, aber das nur bei IKEA.

Am nächsten Morgen ging ich zur PR-Abteilung der Brauerei. Immerhin hatte ich einen Presseausweis. Vielleicht konnten die mir helfen, Bo wiederzufinden.

Ich wurde überaus freundlich empfangen. Junge Männer in Hülle und Fülle, noch jüngere Mädchen, ganz wunderbar anzuschauen. Der Chef empfing mich sofort.

Als er hörte, woher ich kam, wurde er ganz still. »Lycksele«, sagte er, »so, so.« Und dann fügte er noch ein »Aha!« an.

Die Geschichten von den Frauen faszinierten ihn, besonders die mit dem Heu und Bruce Willis. Ob er wohl mal selbst mit dem ein Techtelmechtel angefangen hätte?

»Wir wollen gar nicht drum herumreden, Frau Eng«, sagte er nach einer Weile. »Ich will Ihnen reines Bier einschenken, formulieren wir es mal so. Sie haben recht, wir arbeiten an einem Bier nur für Frauen.«

Nun war ich daran, »So, so« und »Aha!« zu sagen. Und das tat ich dann auch.

»Sehen Sie, Frauen würden auch gerne Bier trinken. Aber Bier, so behaupten einige, mache dick. Und das möchten die Frauen natürlich nicht. Und da kam jemand auf die Idee, hier in meiner Abteilung, darf ich stolz hinzufügen, *get thin while drinking* als Parole zu formulieren. Wir haben einen Ort gesucht, wo wir ausprobieren können, wie das Interesse für so ein Bier wäre. Wir wurden nach langem Suchen fündig: Lycksele, *Silver Bar*, nur für Frauen, genau der richtige Ort, fernab von allen Konkurrenten. Da kommt uns niemand auf die Schliche.« Jetzt stand er auf. »Es wird ein Erfolg. Ein weltweiter Erfolg. Das erste Bier nur für Frauen. Das wird reißenden Absatz finden.«

Rebecca, sagte ich zu mir, Rebecca, nun musst du vorsichtig sein. Die haben Millionen in die Entwicklung und die PR für dieses Bier gesteckt, da kannst du nicht herkommen und das ganze Kartenhaus zum Einsturz bringen. Aber dann siegte die investigative Journalistin doch in mir. Ich bin eben ein Kind von Watergate und Nixon.

»Haben Sie dem Bier etwas beigemischt?«, fragte ich so vorsichtig, dass sich eine Maus dahinter verstecken konnte.

»Nein«, entrüstete sich der PR-Chef, »nein, dagegen spricht das deutsche Reinheitsgebot.« Und er fügte etwas leiser hinzu: »Nur so einen klitzekleinen Schlankmacher.«

»Und davon delirieren sich die Frauen in Lycksele zu Boden!«, setzte ich nach.

»Bestimmt nicht. In der wissenschaftlichen Forschung hat man noch nie von halluzinogenen Schlankmachern gehört.«

Zack, damit war ich am Ende meines Schwedischs. Sollte ich ihm wirklich sagen, was ich letzte Nacht unter der Erde Jevers erlebt hatte? Oder war das alles nur die Folge unseres bescheidenen Umtrunks auf der Zugfahrt von Dänemark nach Jever gewesen? Vielleicht lag Bo im Hotel und erholte sich von seinem Hangover. Dachte ich jedenfalls. Aber es konnte auch ganz anders sein: Der schwarze Mann hatte sich Bo geholt, weil man Fotografen für gefährlicher als Schreiberlinge hielt.

»Frau Eng, ich mache Ihnen ein Angebot«, sagte der PR-Chef.

In diesem Moment trugen zwei in strahlende, silberne Hüllen gewandete karibische Schönheiten ein Tablett herein, auf dem sich ein Dutzend Probeflaschen des neuen Frauenbiers befanden. »Wir trinken jetzt zusammen ein paar Ründchen, und wenn Sie dann auch anfangen zu flunkern, sagen wir es mal so, dann dürfen Sie Ihre Geschichte veröffentlichen.«

Das war mal ein Angebot. Wäre mir in Lycksele nicht passiert, nicht mal mit dem Besitzer des Tierparks, über den ich regelmäßig Geschichten ins Blatt heben musste. So eitel war der.

Mit jedem Schluck wurde mir leichter. Fraulicher und irgendwie auch schlanker.

Aber nichts geschah. Kein Bad in flüssigem Gold, kein Flug zum Nordpol und auch kein Sex mit Bruce Willis. Was dann doch ein bisschen schade war.

»Sehen Sie, Frau Eng«, sagte der freundliche PR-Chef, der auch nach fünf Flaschen Frauenbier noch akzentfrei meinen Namen aussprechen konnte. »Da flunkert nichts. Es ist unser gutes Jever Friesisch herb in einer klitzekleinen Variation.«

Ich musste ihm recht geben und stand nun mit leeren Händen da. Die weite Reise von Lycksele nach Jever, der Verlust meines Partners, ich konnte ja schlecht zur Polizei gehen und sagen, Bo hat sich davongekifft. Und auch kein Scoop. Warum sollte ich veröffentlichen, dass die Brauerei demnächst ein Bier nur für Frauen herausbringen würde. Das würden sie schon selbst tun.

Der PR-Chef spürte mein Dilemma. Nun lallte er doch ein bisschen. »Frau Eng, Frau Eng, was machen wir nur mit Ihnen?« Er überlegte und überlegte, und dann kam etwas dabei heraus, was mich weltberühmt gemacht hat. Bo hätte es fotografieren können, und wir wären beide weltberühmt geworden.

»Um das neue Bier auf die Schiene zu setzen, werden wir am Wochenende ins Guinness-Buch der Rekorde aufgenommen.«

Schon war ich ganz Ohr, besonders das linke.

»Wir bauen in Jever einen Leuchtturm.«

»Den aus der Werbung«, ging ich sachkundig dazwischen.

»Den aus der Werbung. Jeden Tag kehren enttäuschte Bürger unserer schönen Stadt den Rücken, weil sie den Leuchtturm nicht gefunden haben.«

»Ach«, sagte ich, »gibt's den gar nicht?«

Er überging meine Ahnungslosigkeit. »Wir werden in vierundzwanzig Stunden den Leuchtturm errichten lassen ... und Sie, Frau Eng, dürfen darüber exklusiv berichten. Sie sind doch von *Dagens Nyheter,* oder?«

Ich hatte ein bisschen geflunkert, wie er so schön sagte, und mich bei ihm als Korrespondentin von der Stockholmer Zeitung ausgegeben. Aber als Korrespondentin in Lycksele. Hätte ja fast gestimmt.

»Eine so attraktive Journalistin wie Sie – und dann auch noch aus dem Ausland. Sie kriegen die Geschichte schon am Freitag, dann kann sie über den Ticker laufen, mit Ihrem Namen, und am Sonntag schon wird ihn jeder in der Medienwelt kennen.« Er schlug mit der Faust ein Luftloch. »Gut gemacht, Herbert!«, lobte er sich.

Ich war natürlich einverstanden.

Wir arbeiteten Hand in Hand, die PR-Abteilung und ich.

So was hatte ich noch nie gesehen. Wie schnell das ging. Kaum hatte ich am Freitag die Geschichte ins System gegeben, tauchte sie Sekunden später auf den Online-Tickern der führenden Zeitungen auf. In allen Sprachen, in denen der Papst Amen sagen kann.

Hängt das Gold in langen Streifen
musst du nur noch danach greifen.

An diesen Zweizeiler von Bo musste ich denken. Es klingelte auf meinem Konto derart heftig, weil jeder Abdruck meiner Story Bares brachte, dass ich sogleich an Steuerflucht dachte. Luxemburg, Liechtenstein, *luxury.*

Wie die es geschafft haben, den Leuchtturm in vierundzwanzig Stunden hochzuziehen? Ganz einfach, es war ein Test einer amerikanischen Baufirma, die ins Irakgeschäft kommen wollte. Vorgefertigte Teile werden mit einem Kran aufeinandergetürmt. Das geht ganz fix. Ich konnte den Turm wachsen sehen.

Und ich muss zu meiner Schande gestehen, dass ich dabei nicht an Bo, sondern an Bruce Willis dachte.

Immer wenn die Sonne lacht,
hüpft mein Herz – selbst in der Nacht.

Ich wusste sofort, der Zweizeiler konnte nur von Bo sein. Spürnase, die ich bin, hab ich in drei Tagen herausgefunden, was mit ihm ist, und ihn persönlich ans Telefon bekommen. Er ist Mitglied jener Sekte geworden, die in den unterirdischen Gängen von Jever einmal die Woche tagt. Und sich diesen wunderbaren Sud einverleibt, der ihre Mitglieder fliegen und vögeln und in Gold schwimmen lässt. Die genaue Zusammensetzung des wunderbaren Suds ist natürlich geheim, wie beim Bier auch, aber er hat was, ganz bestimmt, er hat was! Die Sekte brauchte einen Fotografen, der all ihre

Höhenflüge im Bild festhielt. Und Bo liebte es ja, die Luft zu fotografieren. Die gute, saubere ostfriesische Luft.

»Da ist wohl damals ein kleines Malheur passiert«, sagte mir Bo glücklich am Telefon, »irgendwas von diesem Sud ist in das neue Frauen-Jever geraten, das die Brauerei probeweise nach Lycksele geschickt hatte. Ein kleiner Streich vielleicht, wer weiß.«

Leider hab ich Bo nie wiedergesehen.

Ob er noch unter Jever sitzt und in die weiten Sphären des Alls hinausfliegt?

Fröndenberger Trichtertod

An diesem heißen Sommertag wurde Fröndenberg von zwei Ereignissen erschüttert, von denen niemand ahnen konnte, dass sie in einem Zusammenhang standen.

Für den Nachmittag war der Besuch der sprechenden Giraffe angekündigt. Auf dem freien Platz vor der Kulturschmiede war ein hohes Zelt errichtet worden, in dem das Tier auftreten sollte. *Größter Afrika-Zirkus der Welt. Eintritt: 10 Euro.*

Die Attraktion im Sommerloch!

Wo immer die Riesengiraffe auftauchte entlang des Hellwegs, waren viele Stationen markiert, bildeten sich Menschentrauben, folgten ihr, so weit die Füße trugen. Alle Zuschauer wollten den Trick sehen, mit dem sie in ganz Deutschland berühmt wurde: Die Giraffe war in der Lage, einen Knoten in ihren überlangen Hals zu machen.

Überall wurde verbreitet, die Riesengiraffe könne drei Worte von sich geben: *What – why – when.* Nur hatte sie bisher noch niemand sprechen hören.

Der französische Zirkusdirektor war es leid, ständig die gleichen Fragen der Journalisten beantworten zu müssen: Was will das Tier uns mitteilen? Warum sagt es nur diese drei Worte? Wann werden wir die Worte endlich zu hören bekommen?

Die Presse begleitete den Zug des riesigen Tieres durch NRW mit täglichen Berichten. Der WDR hatte einen Sonderkorrespondenten samt Kamerateam abgestellt, in der abendlichen Sendung wurde stets darüber berichtet, wo sich die Riesengiraffe gerade befand und ob sie an diesem Tag etwas hatte verlauten lassen.

What – why – when.

»Wir haben einen Ausbrecher!«, rief der radelnde Polizist Theo. In rasender Fahrt ging es durch Fröndenberg. »Wir haben einen Ausbrecher!« Als müsse er jeden einzelnen Bürger warnen. »Wer sachdienliche Hinweise machen kann, bitte umgehend ins Revier kommen.«

In den frühen Morgenstunden fanden Vollzugsbeamte hinter der Mauer des Justizvollzugskrankenhauses, des einzigen in NRW, einen selbst gebastelten Hochsprungstab, hergestellt aus dem Gestänge eines Krankenhausbetts und drei medizinischen Gehhilfen. Ein wahres Meisterwerk.

Es dauerte nicht lange, bis das wachhabende Personal herausgefunden hatte, welcher der kranken Insassen fehlte. Tim Zack, was ein Pseudonym war. Eigentlich hieß der Mann Karlheinz Wagenfeld. Schon zwei Stunden später lief sein Fahndungsfoto über die medialen Netze.

Eines konnte rasch geklärt werden: Tim Zack hatte bei den Weltmeisterschaften in Helsinki den dritten Platz im Stabhochsprung belegt. Er saß eine mehrmonatige Strafe wegen Verbreitung von Dopingmitteln ab. In der stets als sauber angepriesenen Leichtathletik war er das schwarze Schaf.

So sehr sich die Kripo in der Krankenanstalt auch mühte, es gab keine Spur. Niemand hatte den nächtlichen Ausbrecher bemerkt.

Was für eine handwerkliche Leistung! Warum war er bei einer solchen Begabung überhaupt straffällig geworden? Wann würde man seiner wieder habhaft werden?

Theo radelte noch immer auf den Fröndenberger Straßen, als er den Menschenzug kommen sah. Wie viele mochten es sein? Tausend, zweitausend, schwer zu schätzen. Im Nu füllten sich auch die Seitenstraßen.

Der Bahnübergang zur Innenstadt war blockiert. Kinder schubsten sich auf dem großen, eingedellten Plastikfußball, der an die Weltmeisterschaft erinnern sollte. Die Fahrpläne wurden aufgehoben. Überall Menschen, die sich drängelten und in Jubelschreie ausbrachen.

»Die Giraffe ist da!«

Die beiden afrikanischen Wärter führten das riesige Tier mit großer Gelassenheit an zwei überlangen Lederriemen, die der Giraffe genügend Freiheit ließen, immer mal wieder im Vorbeischreiten ein paar Blätter von den Bäumen zu zupfen. Die Giraffe mochte besonders die Blätter der Esche. Die waren ihr ein und alles.

Auf dem ehemaligen Gelände der Himmelmann-Papierwerke stand neben dem Zelt für die abendliche Vorstellung ein grau angestrichener Trichter. Er hatte als Filter für Papierreste gedient.

Der Düsseldorfer Malerfürst Markus Lüpertz hatte die Farbe für den Anstrich des Industriedenkmals höchstpersönlich ausgesucht. Ein metallisches Graubraun mit einem kleinen Schuss Grün oder Blau. 1997, bei der 800-Jahr-Feier von Fröndenberg, wurde der Trichter feierlich der Öffentlichkeit übergeben.

Neben dem Trichter stand eine hohe Esche, die sofort die Aufmerksamkeit der Giraffe fand. Anstatt zum Zelt des Afrika-Zirkus' zu gehen, zerrte sie die Wärter hinter sich her. Mit schnellen, raumgreifenden Bewegungen stolzierte sie los.

Plötzlich hielt das riesige Tier inne.

Warf einen Blick in den Trichter.

Schüttelte den Kopf.

»What!«, rief die Giraffe für alle hörbar. Der Trichter war ein ausgezeichneter Resonanzboden. »What!«

Es war in ganz Fröndenberg zu hören.

»What!«

Theo Beiske war gerade in der Nähe. Er hatte im Handumdrehen den Schlüssel für die Tür am unteren Trichterende parat. Was er sah, ließ ihn taumeln. Im Fröndenberger Trichter lag ein Mann. Ein paar Meter über der Erde. Quer.

War er tot?

Wir machten damals im benachbarten Unna Station. Auch wir waren vom Giraffenfieber angesteckt. Ich hatte meine Zweifel an der Geschichte, während Bo überlegte, wie er das große Tier fotografieren konnte. Nach unserem sensationellen Coup in Jever hatte ich eine wöchentliche Kolumne für *Dagens Nyheter* bekommen.

Ach, ich hab mich noch gar nicht vorgestellt. Rebecca Eng, Journalistin bei der größten Zeitung Schwedens.

Ist in Deutschland nicht verboten,
einen langen Hals zu knoten?

Einer von Bo Skogs Zweizeilern. Meist bleibt er ja stumm, aber hin und wieder lässt er einen Knüppelreim vom Stapel. Bo ist der Fotograf an meiner Seite, müssen Sie wissen. Jede Kolumne braucht ja auch ein Schmuckfoto. Jahrelang hat Bo Skog die Luft in Lappland fotografiert, dann bei unserem Abenteuer in Jever die ostfriesische Luft und dort auch Bilder geschossen, wenn die Männer, die unter Jever saßen, sich mit Hilfe von halluzinogenen Mitteln Luftschlösser zusammenphantasierten.

Meine Kolumne trug den Titel: *Har Tyskar Humor?* Haben die Deutschen Humor? Beim letzten Mal berichtete ich über den Service der Bundesbahn. Ganz Schweden lachte darüber, wie ich beschrieb, dass die deutschen Schaffner meist so breite Hintern haben, dass sie kaum zwischen den Sitzreihen hindurchpassen. Es scheint wohl eine Grundvoraussetzung für die Einstellung zu sein.

Ist der Po ganz groß in Form
entspricht das deutscher Bahnennorm.

Bo fotografierte die Bahnmitarbeiter. Von hinten. Und auch im Bistro. Den Daumen des Servicemitarbeiters in der Suppe. Groß im Bild. *Achten Sie immer darauf, ob der Daumen in der Erbsensuppe hängt,* hatte ich als Bildunterschrift formuliert: *Das ist keine Wurst, die Sie bezahlt haben.* Ansonsten waren die Beamten aber ausgesucht höflich. Wenn alles glatt ging. Nur wehe, etwas stimmte nicht. Dann gab es lautstarke Belehrungen. Am schlimmsten waren die jungen Frauen, die sich wie russische Kommissare aufführten.

»Mein Name ist Beck, Martin Beck«, sagte Kriminalhauptkommissar Ludwig Klausen. Er bahnte sich einen Weg durch die Kollegen von der Spurensicherung. »Wer hat ihn gefunden?«, fragte Klausen.

Der radelnde Theo machte Meldung.

»Wissen wir schon, wer es ist?«

»Er hat keine Papiere dabei, Herr Klausen.«

Der Kommissar warf Theo einen bösen Blick zu.

Wieso nannte sich Klausen plötzlich Beck? Dachte Theo Beiske. Er hatte zwar nicht oft mit dem Kriminalhauptkommissar aus Unna zu tun gehabt, aber dieser Mann hieß Ludwig Klausen. Da gab es kein Vertun. »Herr Klausen«, fragte Theo und stieß den Kommissar in die Seite, »werden Sie in dem Fall ...«

»Ich heiße Beck«, bekam er zu Antwort. Ausgesprochen barsch.

»Ich kann mich ja irren«, versuchte Theo einen Umweg, »aber waren Sie nicht letzten Jahr hier, als es um den vermeintlichen Diebstahl des preußischen Adlers in der Stiftskirche ging?«

»Mein Name ist Martin Beck! Merken Sie sich das!«, sagte Klausen. Noch entschiedener.

Wer war nun durchgeknallter? Dachte Theo. Diese Giraffe oder der Klausen. Dann geschah etwas, das seinen Puls ins Rasen brachte.

Bo und ich waren nicht wenig erstaunt, als ein uniformierter Polizist an unserem Frühstückstisch im Hotel *Katherinenhof* erschien.

Er stellte sich als Polizeichef der Stadt Unna vor und sagte, er habe schon viel von uns gehört. »Wir haben da einen Mann in unserer Truppe«, sagte der Polizeichef von Unna, »der glaubt, er sei Martin Beck!«

»Der Kommissar aus unserer TV-Serie?«, fragte ich.

»Und den Krimis!«, fügte der Polizeichef an.

»*Der* Martin Beck?«

»Genau der!«

Nun gab es keinen Irrtum mehr. Sie meinten den Martin Beck, der weit über die Literatur hinaus bekannt war.

»Könnten Sie uns helfen, mal mit dem Mann zu sprechen? Ich komme da nicht weiter.«

Nennt ein Mensch sich Martin Beck,
träumt er sich des Nachts gern weg.

Bo konnte sich manchmal nicht zurückhalten.

Ich witterte eine Geschichte für meine Kolumne und sagte zu.

Einen Kommissar, der sich als Martin Beck ausgab, das könnte was für die Leser von *Dagens Nyheter* sein. Oder?

Der Polizeichef bestellte per Handy seinen Untergebenen ein und erfuhr, dass er sich gerade in Fröndenberg um einen durchaus mysteriösen Mordfall kümmerte.

Klausen antwortete: »Herr Beck kommt, sobald es die zeitlichen Umstände zulassen.«

»Ich darf doch bitten, Herr Klausen, lassen Sie den Unfug«, knirschte der Polizeichef, »wenn ich rufe, haben Sie zu erscheinen. Und zwar ein bisschen plötzlich.«

Ich notierte mir die Formulierung und Bo Skog machte ein Foto von dem forschen Polizeichef. Aber von vorne. So jemanden gab es in ganz Schweden nicht mehr.

Theo, der radelnde Polizist, hatte noch nie einen ermittelnden Kommissar gesehen, der einer Leiche über den Kopf strich. Nicht einmal, nein, zwei-, dreimal strich dieser verrückte Klausen alias Beck dem Mann übers volle Haupthaar. Liebevoll, beruhigend, als wolle er sagen, nimm es nicht so schwer, sorgenvoll, hätte einfach nicht passieren dürfen.

In diesem Moment kam ein Telefonanruf. Klausen alias Beck nahm sofort Haltung an.

»Der Chef?«, fragte Theo vorsichtig.

»Der Chef!«, erwiderte Klausen. Dann ging er wieder in die Knie.

Sprach der jetzt ein Gebet? Dachte Theo. Was war hier Sache? Verdammt! Dieser Klausen alias Beck ... »Kennen Sie den Mann?«, fragte Theo.

»Wie kommen Sie denn darauf?«, fuhr Klausen ihn an. Sofort war er wieder auf den Füßen und warf Theo einen Blick zu, der die Ruhrauen trocken gelegt hätte.

»War ja nur 'ne Frage!«, entschuldigte sich Theo. Einer Leiche über den Kopf zu streicheln konnte zur sofortigen Suspendierung vom Dienst führen. Das wusste nicht nur Theo.

»Ich muss los«, sagte Klausen, »der Chef wartet nicht gerne.«

»Klar,«, antwortete Theo, »ich hab auch noch was anderes zu tun, Herr Beck.«

»Sehen Sie, geht doch!«, bekam er zu hören.

Ich stellte mich vor: Rebecca Eng, und dann meinen wortkargen Fotografen Bo Skog, der noch Reste von gelbem Frühstücksei auf seiner blauen Krawatte trug. Der Mann im grauen Anzug, der vor mir an dem Tisch saß, war bleicher als Uppsala.

Ich fragte: »*Är du den berömda kommissarie Beck?*«

Genau der sei er, erwiderte Klausen auf Schwedisch. Stockholmer Dialekt, ohne Frage.

»*Var det du som löste alla dom där fallen i Stockholm på den tiden?*«

Er habe nicht alle Fälle damals in Stockholm gelöst, aber die meisten schon.

»*Vad hände med Gunvald Larson?*«

Er stehe täglich in Kontakt mit seinem besten Partner Gunvald Larson.

»*Har du också kontakt med Melander?*«

Melander sei schon lange pensioniert, aber wo er lebe, keine Ahnung.

»*Men din chef säger att ditt riktiga namn är Ludwig Klausen?*«

Sein Chef habe schon ganz andere Lügen verbreitet, erwiderte Klausen. Nach einem kurzen Zögern fügte er hinzu, es sei auch dieses Mal ein so gut ausgeklügelter Plan gewesen, aber leider …

»*Vilken plan menar du?*«

Klausen schlug sich mit der Hand auf den Mund. So oft ich auch nachfragte, von einem Plan wollte Klausen nichts gesagt haben.

Der Polizeichef saß hinter der Glasscheibe, als Rebecca Eng Kommissar Klausen befragte. Machte sie gar nicht mal so schlecht. Er hatte zwar nichts von dem Gespräch verstanden, aber so viel bekam er mit: Ludwig Klausen spielte irgendein Spiel. Er musste nur noch hinter die Regeln kommen.

Die Überraschung, die der radelnde Theo als Erster durch Fröndenberg trug, war durchaus zu erwarten gewesen: Die Identität des Toten im Trichter konnte geklärt werden.

Doch gerade jetzt schien sich niemand in der kleinen Stadt dafür zu interessieren. Dabei war es der erste Mord seit 1999, dem Toten im Ardeyer Loch. Es ging damals um den Sizilianer Michele Bella. Die Zeitungen titelten: *Mafiamord oder mörderischer Zufall?* Der Mord blieb bis heute ungeklärt.

Die meisten Bürger und Bürgerinnen aus Fröndenberg hatten sich im Zelt versammelt, um den einzigartigen Trick zu sehen. Wie die Riesengiraffe ihren Hals verknotete. Vielleicht sprach sie ja noch einmal. Die Gerüchteküche verbreitete bereits, dass die Giraffe am Trichter einen ganzen Satz gesagt habe.

Nach der Vorführung des Halsknotens würde sie weiterziehen. Und Werbung für den nächsten Auftritt machen. In der Zeitung war der Verlauf des Umzugs angegeben. Vorbei am alten Friedhof, über die Freiheitsstraße zum Volkspark sollte der Weg gehen.

Theo war froh, dass langsam wieder Ruhe einkehrte. Er liebte sein Fröndenberg nicht, wenn es so viel Aufregung gab.

Allen Schulkindern hatte er erlaubt, ihn zu duzen. Aber nur, wenn sie artig waren. Unartigkeiten bekam Theo umgehend von den Lehrern mitgeteilt. Der Hermann Schmidt darf jetzt zwei Wochen lang Theo nicht mehr duzen. Und irgendwann kam Hermann angekrochen und fragte, ob er immer noch Herr Beiske zu Theo sagen musste. Da war Theo dann oft gnädig und erlaubte, von dem Schüler Schmidt wieder geduzt zu werden.

Der Tote im Trichter war Tim Zack, der Ausbrecher aus dem Justizvollzugskrankenhaus am Hirschberg.

Theo gab die Meldung sofort nach Unna weiter. Der Polizeichef nahm die schnelle Feststellung der Identität des Toten regungslos auf. Er schien andere Probleme zu haben.

»Tja«, sagte ich zum Polizeichef von Unna, »erstens: Ihr Kollege kann sehr gut schwedisch, Stockholmer Dialekt, zweitens: Er kennt sich prima in dem Personal der Beck-Romane und -Filme aus, und drittens: Er hat irgendetwas auf der Seele. Aber dafür sind wir nicht zuständig.«

Ist die Seele nicht zu Haus,
bricht bei dir die Panik aus!

Der Polizeichef dankte mir für die Mühe und sagte, dass ich nichts über diesen Fall in Schweden schreiben dürfe. Geheimhaltungspflicht. Sagte er mit ganz ernster Miene.

Aber eine Rebecca Eng, Tochter von Nixon und Watergate, lehnt so was sofort ab. Ich sagte: »In Schweden gibt man viel auf Pressefreiheit!« Eine Story von einem Polizisten, der sich für Martin Beck hielt, wollte ich mir nicht entgehen lassen.

Bo hatte immer noch kein Foto von diesem seltsamen Klausen alias Beck gemacht. Skog ließ die Automatik surren. Zehn Bilder in zwei Sekunden. Tak-tak-tak-tak.

»Kann ich jetzt gehen?«, fragte Klausen.

»Sie halten sich zu meiner Verfügung!«, herrschte der Polizeichef ihn an.

»Martin Beck hat verstanden!«, sagte Klausen, nicht mal zerknirscht.

Kaum hatte der Kriminalhauptkommissar das Büro seines Vorgesetzten verlassen, fragte mich der Polizeichef: »Und was meinen Sie nun wirklich, Frau Eng?«

Ich musste nicht lange überlegen: »Der hat einen an der Waffel.« Dann zögerte ich doch: »Oder er tut nur so!«

Männer, die nur simulieren,
werden plötzlich mal zu Stieren.

»Zum Schluss hat dieser Pseudo-Beck von einem gut ausgeklügelten Plan gesprochen, aber trotz mehrfacher Nachfrage wollte er nichts weiteres dazu sagen.«

Mit diesem Hinweis verließen wir den Polizeichef von Unna, sollte er sich doch selbst einen Reim auf seinen verrückten Untergebenen machen.

Es war ganz einfach gewesen, die Beziehung zwischen Klausen und dem Toten im Trichter herzustellen. Seitdem alle Telefongespräche überwacht wurden, Deutschland war Spitzenreiter im Abhören seiner Bürger, konnte festgestellt werden, dass Tim Zack vor seinem großen Sprung über die Mauer des Justizvollzugskrankenhauses mehrfach mit Kriminalhauptkommissar Ludwig Klausen telefoniert hatte. Leider waren die Abhörbänder unbrauchbar. Aber eines stand fest: Die beiden hatten telefonischen Kontakt. Mindestens vier Mal, so war es auf den Protokollbändern verzeichnet.

Als Theo Beiske davon erfuhr, rief er umgehend den Polizeichef in Unna an und machte die Mitteilung, dass dieser Klausen dem Toten über den Kopf gestrichen habe. »Sie müssen es mir glauben, das war so sonderbar, dass es mir für Stunden die Sprache verschlagen hat. Wie kann man nur ...«

»Das hätten Sie mir umgehend mitteilen müssen«, bekam Theo zu hören. In ungemütlichem Tonfall. Statt eines Lobs, wie er erwartet hatte, gab es jetzt auch noch eine Rüge.

Der Polizeichef bestellte Ludwig Klausen ein. Zum zweiten Mal innerhalb von wenigen Stunden.

»Sie hören jetzt sofort mit diesem dämlich Martin-Beck-Versteckspiel auf und sagen mir, was sie mit dem Fröndenberger Toten zu schaffen haben!« Der Polizeichef war außer Laune. Und das sah man ihm auch an.

»Ich kenne den Mann gar nicht«, bekam er zur Antwort.

»Dann haben Sie also mit einem Ihnen nicht bekannten Menschen telefoniert! Und das gleich vier Mal. Erstaunlich, sehr erstaunlich. – Ich glaube, ich muss Sie mal zum psychologischen Dienst schicken.«

Nach einer Pause, die länger dauerte als in Unna erlaubt, erwiderte Klausen: »Das finde ich eine sehr gute Idee!«

In diesem Augenblick ging ein Engel durch den Raum und strich Klausen alias Beck die Haare aus dem Gesicht. Nur ein Luftzug, ganz sanft.

Beide Männer verharrten für Sekunden.

Dann hatte auch der Polizeichef verstanden, worum es eigentlich die ganze Zeit gegangen war.

Wir saßen im Markgrafen in Fröndenberg bei einem verspäteten Mittagsmahl.

Drei Bier, drei Korn
und du bist vorn.

Welche Geschichte sollten wir zuerst in Angriff nehmen? Die von der sprechenden Riesengiraffe oder die Story vom eingebildeten Polizisten Beck? Schade, dass wir pro Woche nur eine Kolumne füllen durften.

»Kennst du eine Giraffe, die größer ist als sechs Meter?«, fragte ich.

»Nicht persönlich!«, antwortete Bo. Er ließ sich einen weiteren Korn bringen.

»Diese Riesengiraffe soll mehr als zwanzig Meter hoch sein!« Ich kippte meinen Wodka hinunter. »Und niemand kommt auf die Idee, dass das Ganze ein Fake ist. Diese Deutschen glauben doch jeden Scheiß, oder?«

Ist die Giraffe noch so hoch
eines Tages stirbt sie doch.

»Bo«, mahnte ich, »bleib bitte mal einen Moment ernst. Das ist gar kein Tier, die haben irgendeinen Apparat konstruiert oder, was ich glaube, in dem Riesenfell befinden sich Menschen, die mit irgendwelchen Stelzen ... Also ich bin für die Giraffengeschichte. Titel: Deutschland fällt auf Fälschung rein.«

Bo schaute in das leere Kornglas. Er hob die Hand.

Schon stand der Wirt mit der Flasche neben unserem Tisch. »Sie auch?«, fragte er mich.

Ich nickte: »Wenn er trinkt, trinke ich auch.«

»Probleme?«, fragte der Wirt.

»Nein, wie kommen Sie darauf?«

»Nun, wenn man Probleme hat, sollte man nicht trinken!«, gab der Wirt zum Besten.

»Sie müssen es ja wissen«, hielt ich dagegen.

Bo zitierte ein Gedicht von Robert Gernhardt.

Das Schicksal hat es so gefügt,
dass uns am Alkohol nichts liegt.

In diesem Augenblick ging die Tür auf. »Was treiben Sie denn hier?«, fragte der Polizeichef von Unna.

»Alkoholmissbrauch«, erwiderten wir beide, fast synchron.

Der Polizeichef bestellte einen schwarzen Tee. »Ich wollte mich bei Ihnen bedanken«, begann er, »Sie haben uns auf die richtige Fährte gesetzt.«

»Ach, wirklich!«, sagte ich.

»Sie haben uns geholfen.«

Und dann erfuhren wir, was es mit Zack und Beck auf sich hatte.

»Die beiden kennen sich seit der Jugend, waren beide Schüler am Fröndenberger Gymnasium und auch in der gleichen Leichtathletikmannschaft. Nur, dass Klausen nie aufs Treppchen kam, während Wagenfeld, der sich später Tim Zack nannte, immer höher sprang. Was er wohl eindeutig mit unerlaubten chemischen Mitteln erreicht hat. Doping, und das seit Jahren. Eines Tages war Zacks Karriere zu Ende, und er hat sich aufs Kriminelle verlegt.«

»Gute Idee!«, lallte Bo, »sich einfach aufs Kriminelle verlegen. *Crime does pay.*«

»Auf jeden Fall kam Zack ins Gefängnis und hat mehrfach versucht, Kontakt zu seinem Jugendfreund Klausen aufzunehmen, was ihm auch gelungen ist und dann …«

Noch ein zweites Mal ging die Tür auf. Theo Beiske.

»Setzen Sie sich zu uns!«, rief der Polizeichef. »Ohne ihre zwar etwas verspätete Aussage wären wir nicht auf die Lösung gekommen.« Der Polizeichef fasste kurz zusammen, was er uns bereits mitgeteilt hatte. »Der Plan, sich in das Justizvollzugskrankenhaus verlegen zu lassen, stammte von

Klausen. Er hat ihm auch geraten, sich nach dem Ausbruch eine Zeitlang im Fröndenberger Trichter zu verstecken. Aber einen entscheidenden Hinweis vergessen ...«

Der Wirt kam an den Tisch.

»Noch eine Runde an alle«, sagte Bo, schon etwas glasig.

»Für alle«, verbesserte ihn der Wirt.

»Für Sie nicht«, zischte Bo.

»Einen schwarzen Tee für mich«, erwiderte der Polizeichef.

Theo schloss sich der Bestellung an. Schließlich musste er ja noch nüchtern nach Hause radeln.

»Das Versteck war prima gewählt«, sagte der Polizeichef, »wer wäre auf die Idee gekommen, den Ausbrecher im Trichter zu suchen? Niemand. – Beim ersten Mal springt dieser Zack in die Freiheit, beim zweiten Mal in den Tod. Klausen hatte ihm nicht mitgeteilt, dass schon seit Jahren kein Netz mehr im Trichter gespannt ist.«

Ohne Netz und doppelten Boden
verletzt du dir beim Sprung die ...

»Bo, bitte, lass das!«, ging ich dazwischen.

Als der Polizeichef sich ausgelacht hatte, sagte er mit leiser Stimme: »Klausen wollte ihn dort in der Nacht abholen. Zack sollte in eine chemische Fabrik in der Nähe von Münster einsteigen. Die wird schärfer bewacht als Fort Knox. Aber einem Stabhochspringer kann es gelingen, in zwei Sprüngen aufs Dach zu kommen und dann durch die Klimaanlage ins Innere zu gelangen. Dort wollten Zack und Beck sich die Drogen für ein europaweites Doping besorgen. Die chemische Fabrik experimentiert nämlich seit Jahren mit Aufputschmitteln.«

»Das vermuten Sie?«, fragte ich.

»Nein, das wissen wir. Unser Psychologe hat da so ein Mittelchen, das selbst den Schweigsamsten zum Reden bringt.«

»Und so was ist in Deutschland erlaubt?«, wollte ich wissen. Kritische Journalistin, die ich nun mal bin.

»Erlaubt vielleicht nicht«, sagte der Polizeichef mit ganz leiser Stimme, »aber wirksam, sehr wirksam.« Und dann erfuhren wir, warum sich Klausen so plötzlich in Martin Beck verwandelt hatte. Ein Ablenkungsmanöver. Mit dieser Geschichte wollte er sich als unzurechnungsfähig darstellen, damit ihm niemand auf die Schliche kam, und, wenn alles gut ging, sogar eine frühzeitige Pensionierung erreichen.

»Einmal im Leben wollte er groß absahnen, aber die Giraffe hat ihm den schönen Plan vermasselt«, schloss der Polizeichef seine Ausführungen, »wenn sie den Toten im Trichter nicht entdeckt hätte, wer weiß ... Jetzt sitzt Klausen in der Klapse und schaut sich pausenlos Martin-Beck-Filme an.«

Der Wirt hatte mitgehört. »Die nächste Runde geht aufs Haus!«

»Eine zwanzig Meter hohe, sprechende, afrikanische Giraffe entdeckt in Fröndenberg einen Toten im Trichter«, Rebecca klopfte sich auf die Schulter, »wenn das keine Bildunterschrift ist.«

»Ein bisschen lang«, warf Bo ein. Dann nahm er seine Kamera und wankte davon.

Nicht ohne einen Zweizeiler aufzusagen, der in allen deutschen und schwedischen Schulbüchern nachgedruckt werden sollte.

Manche singen, manche lallen, manche unken trist.
Man erkennt den Menschen besser, wenn er trunken ist.

Last Exitus Las Palmas

Wenn einer eine Reise tut, dann kann er was erleben, so sagen die Deutschen doch, oder? Und wenn zwei eine Reise tun, kann es mörderisch zugehen. Fragen Sie mal die Ehepaare, die als gute Freunde losfahren und als Scheidungswillige aus Mallorca zurückkehren.

Rebecca Eng, Sie wissen schon, die Journalistin von *Dagens Nyheter*, mit ihrem stummen Fotografen Bo Skog.

Wieso?

»Weil du kaum etwas sagst!«

Wer? Ich?

»Die bist ein großer Schweiger, Bo.«

Männer, die am liebsten schweigen,
können weniger vergeigen.

Wir wurden auf Reise geschickt. Ein kleiner Aufstieg, aber immerhin ein Aufstieg. Rebecca Eng, Reporterin auf Reisen. Ich hatte mir gleich eine neue Visitenkarte drucken lassen.

Und wohin sollte unser erster Einsatz gehen?

Nach Las Palmas.

Ich habe zwei Plätze nach Mallorca gebucht. War aber falsch!

Las Palmas.

Es hieß doch, das liege auf den Kanaren. Also habe ich zwei Plätze nach La Palma gebucht. War auch falsch.

»La**s** Palma**s**, du hörst nie richtig zu!«

Dann schweig ich lieber.

Las Palmas ist die Hauptstadt von Gran Canaria, größer als Lycksele, kleiner als Stockholm. Damit Sie eine Vorstellung haben. Wir sollten uns auf die Spuren der Kanarienvögel begeben, den vielen Schweden, die da unten überwintern. Und natürlich den Deutschen. Denn nebenbei wollte ich ja auch weiter meine Kolumne schreiben: *Har Tyskar Humor?* – Haben die Deutschen Humor?

Als wir nach sechs Stunden in Gran Canaria gelandet waren, dachte ich, was für ein tolles Industrieparadies. Überall Zementfabriken, keine Ahnung, wo die das ganze Zeug verbauen. Baustoffhandel, Automärkte, Lampenläden. Dann kamen Supermärkte und Lager von Supermärkten und Großlager von Supermärkten.

Na, super, und da machen unsere Landsleute Urlaub.

Und dann kam ein Riesen-IKEA. Ach so, jetzt wussten wir Bescheid. Dann gab es da noch Mediamarkt, Lidl und Aldi und all die Geschäfte, die wir auch schon am Hellweg kennen gelernt haben. Wo nur die Geizigen einkaufen dürfen, steht in deren Werbung. Wir sind doch nicht blöd, schrien Plakate auch hier.

Aber es gab auch Hypochonder, Rebecca!

»Nicht Hypochonder, Bo, die Ladenkette heißt Hyperdino.«

Schweigt der Mann an deiner Seite,
suche immer schnell das Weite –
wenn er aber wieder spricht,
sage schnell: das mag ich nicht.

Wir sind in Las Palmas ganz nobel abgestiegen, auf Spesen, versteht sich, direkt am Stadtstrand, Playa de las Canteras, was »Steinbruch« heißt. Im besten Haus am Platze, *Reina Isabel*, Königin Elisabeth, 4 bis 5 Sterne, sehr gemütlich. Mit Blick auf unsere Objekte: die schwedischen und deutschen

Touristen, die auf der Promenade und am Strand an uns vorbeidefilierten. Die aber, das müssen wir sagen, ohne dass Sie das gleich weitererzählen, hier gegenüber den Einheimischen in der Minderzahl sind.

Da hat sie ausnahmsweise recht.

Bo ist gleich auf die Dachterrasse und hat Fotos gemacht. Luftaufnahmen, wie er das nennt, immer nur die Luft. Die gute kanarische Luft. Kein Knötchen drin, voller Aerosole, also ganz sauber, ab und zu mal eine Taube oder ein Spritzer Wasser im Bild. Sonst nur die Luft. Wenige Stunden später hatte er schon den ersten 4-Gigabyte-Speicher seiner neuen Digicam voll.

Toll!

Am Abend gab es eine Party im Hotel. Siebzigster Geburtstag. Anton Alrot aus Tranås. Kennen Sie Tranås? Nein, nicht.

Tranås liegt in Småland.

Aber Sie wissen, wo das liegt. Auch nicht? Sie hätten mal besser in der Schule aufgepasst!

Anton Alrot war für mich kein Unbekannter. Was heißt kein Unbekannter, er war in Schweden sogar sehr bekannt. Er hat ein Vermögen gemacht. Und womit? Mit Holz. Fast so wie IKEA. Aber mit viel kleinerem Holz. Deswegen ist sein Vermögen auch nicht ganz so groß wie das von Ivar Kamprad. (Der übrigens, wie gerade erst herausgekommen ist, in seinem Leben persönlich nie Steuern gezahlt hat.)

Und das in Schweden.

Anton Alrot hat sein Vermögen mit Zahnstochern gemacht. Und Grillspießen. Auch Stangen für Kleiderbügel. Und, tja, da werden Sie staunen: mit Fahnenstängelchen.

Ganz schwieriges Wort. Fahnenstängelchen. Man könnte auch Fähnchenstangen sagen.

Anton Alrot hat alle Fahnenstängelchen für die Geburtstagsparty der Queen fertigen lassen und damit eine Menge Kronen verdient. Und das war nur der Anfang seines Geschäfts. Wenn Sie also das nächste Mal ein Fähnchen schwenken, könnte es von Anton Alrot sein. Denken Sie mal dran. Anton Alrot aus Tranås.

Nicht nur Tierpfleger aus Skåne
haben morgens eine Fahne.

Bei der Geburtstagsfeier haben wir auch Antons Frau kennen gelernt. Sie stammt aus Chile. Isabella heißt sie. Fast wie unser Grand Hotel am Steinbruchstrand. Ein wunderhübsches Ding. Gerade mal dreißig Jahre alt, drei Kinder, eins schöner als das andere: Hermann, German, Norman. Und singen können die. Sogar auf Schwedisch. *Ja, må han leva, ja, må han leva uti hundrade år*, so heißt es in dem Lied, und er soll bestimmt hundert Jahre alt werden, unser Anton. Das haben die dreistimmig gesungen. Wie kleine, kaffeebraune Engelchen. Fehlten nur noch die Flügelchen.

Es gab die berühmte Princess-Torte, Biskuitrolle gefüllt mit Vanille, verziert mit grünem Marzipan und einer rosa Rose. In der Mitte stand: *Anton 70 Jahre.* In blau-gelb. Wie er da gestrahlt hat.

Bo sollte alles im Bild festhalten. Weil er ja der Fotoprofi war. Anton wollte ihm später die Bilder abkaufen. Erinnerungen fürs Familienalbum. Das schöne Paar. Der weißhaarige Holzmogul und seine wunderhübsche Chilenin. Mit den drei Engelskindern. Neben der Torte. Er hatte seinen Arm um Isabella gelegt. Mein Schatz, ganz verliebt.

Ich fragte nach dem Fototermin vorsichtig an, ob ich ein Interview für *Dagens Nyheter* mit ihm machen könne. Thema:

Schweden lieben Las Palmas. Er sagte sofort zu. So nett war er.

»Betrunkene sagen immer zu, Rebecca!«

»Anton war wirklich ein generöser Mann, Bo, ich kann das beurteilen. Ich kenne die Männer. Alle!«

Zwei Tage später sollte ich ihn auf der Terrasse des Reina Isabel interviewen dürfen. Das hätte ein Highlight für meine Reportage werden können.

Am nächsten Morgen konnten wir sehen, wie schnell die Deutschen den Humor verloren. Es fisselte ein bisschen, kaum der Rede wert.

Wer das Regen nennt, war noch nie in Bielefeld.

Aber die Deutschen ließen die Mundwinkel herunterhängen, als hätten sie Bleisoldaten gegessen. Im obersten Stock ging es um die besten Plätze am Pool. Alle Liegestühle schon belegt. Germanische Handtücher so weit das Auge reichte. Mit Aufschriften wie: *Oma, Opa oder Mitropa.* Und was das Schönste war: Auf der überdachten Terrasse lasen alle die gleiche Zeitung. Sie hat vier Buchstaben, auf die man sich niemals setzen sollte.

Raten Sie mal.

Wir nahmen uns ein Auto und fuhren in die Berge. Erst mal ausruhen von den Aufregungen des Vorabends.

Regnet es im Paradies,
fühlt sich der Tourist ganz mies.
Wenn dann wieder Sonne scheint,
ist er mit dem Glück vereint.

Die teilweise grünen Bergkuppen haben in Gran Canaria so klangvolle Namen wie Roque Nublo und Roque Benteiga.

Wir kamen am Cruz de Tejeda vorbei, dem höchsten Punkt der Insel. Man kann den Teide auf der Nachbarinsel Teneriffa sehen. Mit einem weißen Schneekäppchen. Hoch über den Wolken. Dort oben steht ein Parador, auch so ein 5-Sterne-Hotel, das seit mehr als zwanzig Jahren geschlossen ist. Dieses Hotel macht kein besonders gutes Geschäft, hat Bo gesagt.

Hab ich nicht.

»Hast du doch, Bo.«

Hab ich nicht. Ich hab gesagt, wenn die Gäste hätten, würden sie etwas verdienen.

Die Bergwelt Gran Canarias ist faszinierend. Alles in sattem Grün, weil es so oft geregnet hat. Tief eingeschnittene Schluchten, die hier Barrancos heißen. Vergessen Sie den Grand Canyon, kommen Sie hierher. Wirklich. Ich war zwar noch nicht in den USA, aber schöner kann es da auch nicht sein. Und die haben ja auch noch diese Bushes, George eins und zwei. Ein Krieg nach dem anderen, wirklich kein Land, um Urlaub zu machen.

Wir fuhren weiter. Artenara, Ayacata, Fataga, San Bartholomé – kleine Städtchen wie aus dem Bilderbuch des Herrgotts.

Als wir abends ziemlich groggy ins Hotel zurückkamen, trafen wir auf eine Frau.

Mein Gott, war die verzweifelt!

»Sie war ziemlich durch den Wind.«

Trauriger als der Vättern. Den See, meine ich, den kennen Sie doch aus der Schule.

Die Frau hieß Ulla und kam aus Tranås. »Ich hatte wirklich verdammtes Pech, das müsst ihr mir glauben. Die Fluggesellschaft hat bankrott gemacht. Krise, nichts als Krise.

Nun sind auch schon die Fluglinien dran. Ich stand in Arlanda und kam nicht weg. So schnell gab es keinen Ersatz-Flug nach Las Palmas, und nun bin ich zu spät gekommen. Krise, überall Krise. Es gibt kein anderes Thema mehr.«

Keine Krise
ist wie diese.

»Bo, bitte, lass das.«

Der Frau ging es echt schlecht. Erst schaffte sie es nicht, rechtzeitig zum Geburtstag zu kommen, und dann wusste sie nicht, wo ihr Mann überhaupt in Las Palmas wohnte. Den Saal für die Feier im Hotel Reina Isabel hatte er nämlich nur angemietet.

Ja, Sie haben richtig gehört. Ulla war die Frau von Anton. Anton und Ulla. Und wir dachten ...

Ja, was dachten wir eigentlich, Rebecca?

Wir dachten, Isabella und Anton und dann die hübschen Kinder – und wie schön die Engelchen für ihn gesungen haben.

Ulla hat gesagt: »Ich muss mich im Winter immer um unseren Enkel Linus kümmern, weil unsere älteste Tochter monatelang auf Kreuzfahrt geht. Sie ist Funkerin auf der Queen Elisabeth 2. Deswegen kann ich nicht mitkommen, wenn Anton hier überwintert.«

Bo hatte seine Bilder vom Geburtstag schon auf den Laptop überspielt und zeigte Ulla Alrot die Fotos, damit sie wenigstens nachträglich einen Eindruck von dem Fest bekam. War ja wirklich eine rauschende Nacht, die wir da gefeiert haben.

Gar nicht dumm, mein Bo, dachte ich. Aber wir sollten uns ein wenig getäuscht haben.

»Wer ist diese Frau?«, rief sie. »Wer ist diese Frau da auf dem Bild? Und wer sind diese Kinder? Und wer ...« Sie stand auf und lief davon.

»Ulla!« Ich versuchte, sie zurückzuhalten. Aber wusch, war sie weg. Das war wohl doch zu viel auf einmal.

»Das war wirklich blöd von dir, Bo.«

Sie hätte es doch auch so herausbekommen. Einen Tag früher oder später.

»Du hast ihr einen richtigen Schock verpasst.«

Keinen Männern ist zu trauen
die leben mit doppelt Frauen.

»Du hast auch schon mal besser gereimt, Bo.«
Ja, stimmt, aber in der Eile ...

Am nächsten Morgen traf ich Ulla Alrot in der Hotelhalle wieder. Ich ging schnurstracks auf sie zu, hatte Mitleid mit ihr und sagte: Anton kommt nachher ins Hotel zum Interview. Da kannst du ihn doch zur Rede stellen.

Aber Ulla nahm mich gar nicht wahr. Als sei ich eine Unbekannte. Na ja, viel Glück hatte ich ihr ja nicht gebracht. *Klandra inte budbäraren.* Den Boten trifft keine Schuld, so sagt man doch auch in Deutschland, oder?

Ulla ging runter an den Strand. Joggte den Playa de las Canteras auf und ab, wie es viele Fünfzigjährige tun. Aber auch Jüngere. Morgens, mittags und abends ist der drei Kilometer lange Sandstrand eine Laufstrecke für Jogger und solche, die es nötig haben. Und an was für Typen man vorbeikommt! Zum Beispiel am Humpler. Ein Mann, braungebrannt wie eine Kokosnuss, im Stringtanga, das heißt hinten sieht man alles und vorne fast. Er humpelt jeden Tag am

Strand lang und lässt sich in den Sand fallen, wenn er eine schöne Frau entdeckt und textet sie dann zu. Über den muss ich auch noch mal eine Reportage schreiben, vielleicht für den *Playboy*.

Ich hab ein Bild von ihm. Nein zwei. Von hinten und von vorne.

Bo und ich saßen auf der Hotelterrasse, während es kräftig regnete, es stürmte nachgerade. Wir tranken einen ersten, klitzekleinen Gin Tonic. Gerade so am Spätmorgen tut der seine wunder-wunder-wunderbare Wirkung. Statt Frühstück, könnte man sagen. Oder, wenn Sie so wollen, als zweites Frühstück. Denn das Büfett im Reina Isabel hat für jede Nation was zu bieten. Auch für die Amerikaner: Pancakes mit Ahornsirup. Igitt.

Durch die Zeltplane kamen ein paar Wassertropfen, und wir schauten zu, wie sie an unseren Gläsern vorbei auf die Marmorplatte platschten.

Plötzlich färbte sich mein Gin Tonic rötlich.

Nein, erst meiner, dann deiner.

Plötzlich verfärbte sich unser Gin. Roter Regen, davon hat man schon gehört, ein Wetterphänomen in der Sahara.

Wir schauten nach oben. Dunkel, sage ich, ganz dunkel. Nicht die Wolken am Himmel ...

Nein, die Leiche!

»Bo, du musst aber auch immer alles verraten.«

Färbt der Gin sich morgens rot
ist die Leiche meistens tot.

Um es kurz zu machen: Da oben lag Anton Alrot. Die Feuerwehr hat ihn aus dem Zeltdach befördert. Interview geplatzt. Journalistenpech. Musste ich mir eben einen anderen Schweden für meine Reportage suchen.

Die Polizei kam. Vier Mann hoch. In schicken Uniformen. Blau und schwarz, mit tollen Mützen. Ganz zackig. Fast wie bei uns in Stockholm, nur spanischer.

Der Rezeptionist vom Reina Isabel petzte gleich, die Frau der Leiche sei im Hotel abgestiegen, und er gab die Zimmernummer raus. Ganz schön indiskret. Die Kriminalen durchsuchten ihre Suite. Und fanden ein scharfes Messer im Gepäck von Ulla.

Man hatte ihr geraten, wenn sie ein scharfes Messer mit in den Urlaub nehmen will, soll sie es in den Koffer tun.

Bo, unterbrich nicht immer. Das ist meine Story. Du sollst nur die Fotos machen. Hast du heute schon die Luft fotografiert? Die ist wieder anders als gestern und morgen.

Geh ja schon.

Ulla wurde zum Verhör mitgenommen. Die spanischen Polizisten sind so was von nachtragend. Als ob diese zierliche Schwedin in der Lage gewesen wäre, ihren Mann ... obwohl, ein Motiv hatte sie. Und was für eins. Da lebte der Kerl ein zweites Leben auf den Kanaren, mit junger Frau und Kindern, und ließ seine eigene daheim, um den Enkel Linus zu bewachen. Ganz schön frech, dieser Tote.

Rebecca, sagte ich mir, Rebecca, das ist deine große Chance. Vielleicht konnte ich zur Kriminalreporterin bei *Dagens Nyheter* aufsteigen. Mein großer Traum. Als Kriminalreporterin kommt man rum. Nach Ystadt und Lund und auch nach Lycksele, wenn es denn sein muss.

»Bo, zeig mir noch mal die Fotos von dem Geburtstag.«

Er holte seinen Laptop vor. Wir sahen uns gemeinsam die Bilder an. Langsam, zum Mitschreiben.

Einer der Schweden hatte Anton Alrot beim Geburtstag ein nicht gerade appetitliches Geschenk gemacht. Ein Stück Scheiße in einer Plastiktüte.

Ja, so was gibt es in Schweden. Kein Witz. Bei Buttericks in Stockholm und Malmö.

Da kann man so was kaufen. Ehrlich, das müssen Sie mir glauben. Die Scheiße ist natürlich aus Plastik. Später hat Anton den Mann, der ihm dieses Geschenk gemacht hat, ziemlich runtergeputzt. Daran konnten wir uns beide noch erinnern. Ein peinlicher Moment in einem sonst so harmonischen Fest. Kommt nicht nur bei Ingmar Bergman vor.

Bo ging an den Strand. Er wollte noch ein paar Bilder machen von, na, Sie wissen schon ...

Am Nebentisch saß ein Mann und schrieb in eine Kladde. Sehr schöne Handschrift. Ich fragte ihn, wo das Dezernat für Mord sei. Wir hätten eine wichtige Aussage zu machen.

»Das ist die *Comisaría superiore de la policía* in der Avenida Maritima, gegenüber dem Sporthafen.«

Der Mann konnte englisch, hieß José Luis Correa und schrieb Kriminalromane, während er eine dicke Zigarre rauchte und unentwegt Drambui trank. So ein klebriges Zeug aus Whiskey und Orangenaroma.

Schmeckt nicht schlecht. – Wenn man so was mag.

Wir kamen ins Gespräch. Ich fragte, ob er uns behilflich sein könne. José war schon ganz Ohr.

Drei Minuten, ungelogen, drei Minuten später kam Bo zurück. Er hatte etwas in der Hand, das noch viel unappetitlicher aussah als das Geschenk an Antons Geburtstag.

Eine geflickte Wollsocke. Blutigrot. Ansonsten Blau-gelb. Wahrscheinlich von IKEA. Und darin lag eine Boulekugel.

»Aha«, sagte José.

Und ich wiederholte: »Aha.«

Und Bo machte Fotos von uns beiden, wie wir »Aha« sagten.

Wir schauten hinauf, wo die Leiche in der Zeltplane über der Terrasse gelegen hatte. Schätzten die Entfernung zwischen Tatort und Fundort der Tatwaffe. Muss einen ganz schönen Drive gehabt haben. Möglich war es schon, aber nur, wenn es auch die Tatwaffe war.

José machte mit einer Apfelsine in einer Serviette vor, wie sich die Tat abgespielt haben könnte. Beim ersten Aufprall trifft die Boulekugel den Kopf, der Mann stürzt über die Brüstung und landet in der Plane, bei der zweiten Umdrehung verfehlt sie sein Opfer und fliegt weit hinaus. Wie beim Hammerwurf, wenn Sie sich das vorstellen können. Das schien uns doch alles ganz plausibel, oder?

Wilde Spekulationen, wenn Sie mich fragen, aber anders kenne ich meine Rebecca nicht.

Kriminalreporterinnen müssen über eine solche Phantasie verfügen, sonst humpeln sie der Polizei hinterher. Hab ich mal irgendwo gelesen.

Gemeinsam fuhren wir drei mit dem Taxi zur Polizei. Bo machte unentwegt Fotos. Seit er die neue Digitalkamera aus Nippon hatte, war er wirklich nicht zu bremsen.

Für deine Reportage, Rebecca. Alles nur für deine Reportage.

José ließ sich gerne fotografieren. Der sah ja auch zwanzig Jahre jünger aus als ich. So ein richtiger Kanarier, der sich niemals vorstellen konnte, anderswo zu leben. Schon gar nicht auf dem Festland, bei den *godos,* so nennt man auf den Kanarischen Inseln die nicht gerade beliebten Spanier rund um Madrid.

Wir übergaben das Beweisstück der Polizei und äußerten die Vermutung, dass Anton Alrot nicht von seiner Frau Ulla umgebracht ...

»*Ustedes no tienen nada que ver con el asesinato!*« Der Uniformierte sagte mir das in einem Ton, dass ich beinahe selbst die Boulekugel ins Schwingen gebracht hätte.

Nun mussten wir uns beeilen. Denn sollten unsere Vermutungen richtig sein ...

Wir ließen José in der *Comisaría* zurück, damit er auf dem Laufenden blieb. Schließlich ging es darum, eine Unschuldige so bald wie möglich wieder freizubekommen. Er wollte jede Viertelstunde nachfragen, ob Ulla nicht auf freien Fuß gesetzt werden könne. Über unsere Handys hielten wir ständigen Kontakt. Die Spanier nennen sie *moviles,* fast wie bei uns. Ganz schön praktisch, was?

Mit dem Taxi ließen wir uns zum Petancaplatz in der Nähe des Hafens bringen. Zweimal die Woche spielten dort die Skandinavier Boule. Das hatten wir schon in Erfahrung gebracht. Und wir hatten Glück. Denn es war Freitag, und da spielten sie.

Churchill murmelt immerfort:
Sport ist Mord. Ja, Sport ist Mord.

Wie recht dieser alte Sack haben sollte.

Bo entdeckte unseren Mann sofort.

Sieht ein bisschen aus wie Carl-Philip, findest du nicht?

Carl-Philip, müssen Sie wissen, ist der Königssohn. Ein bisschen durch den Wind, der Kerl.

Während Bo so tat, als hätte er in seinem Leben nie etwas anderes gemacht als Boule zu spielen, wie der Onkel von Carl-Philip, Prinz Bertil, der an der Riviera nur als der *Bouleprinsen* bekannt war, hörte ich mich um.

Unser Mann hieß Sven Svensson, genannt Svenne. Er lebte fest und für immer in Las Palmas, nicht wie die vielen anderen Landsleute nur fünf bis sechs Monate. Und er hatte einen Grund dafür.

Schweden, die im Ausland leben
gehen gerne einen heben.

»Bo, jetzt ist aber Schluss! Verdammt noch mal.«

Svenne hat mal Schlagzeilen gemacht. Langsam dämmerte es mir wieder. Ich erinnerte mich an die Geschichte, wenn auch nur schemenhaft. Muss noch in Lycksele davon gelesen haben.

Svenne ist in Stockholm durch die Bars und Clubs der oberen Hundert gezogen und hat sich als Prinz ausgegeben, als sei er der jüngere Bruder von Victoria und Madeleine, den beiden Prinzessinnen. Natürlich hat er sich immer freihalten lassen. Unser Prinz, hallo, noch einen wie immer ... Mimosa, das trinkt er gerne, frischer O-Saft mit richtigem Champagner aufgefüllt. Svenne sah ihm ja auch zum Verwechseln ähnlich. Aber dann ging der wirkliche Prinz Carl-Philip zum Wehrdienst nach Dänemark, und Svennes Betrug flog auf.

Ganz schön dumm, was?

Und wer hat jedem in Las Palmas, der es hören oder nicht hören wollte, gesagt: Das ist Svenne, der dümmste aller Schweden.

Na, raten Sie mal?

Das ist die Hundert-Euro-Frage. Mehr gibt's nicht dafür.

»Bo, lass die Leute raten.«

José rief auf meinem Handy an. Zwei Ergebnisse hatte die Polizei inzwischen vorliegen. Anton Alrot war nicht mit einem Messer getötet worden, sondern durch den Schlag mit einem runden Gegenstand ins Genick. Also bitte. Zweitens, das Blut an der Socke stammte von dem Getöteten.

Fall geklärt, oder?

Ach ja, der Mörder?

100 Euro. Wie gesagt.

Genau! Svenne wurde stets von Anton Alrot gehänselt. Du bist der geborene Verlierer, du kannst nichts, du bist doch sogar zu blöd, die Zeitung zu lesen oder ein Loch in den Schnee zu pinkeln.

Anton soll zu ihm gesagt haben, nicht mal Boule könne er spielen.

Wenn die beiden im Boule gegeneinander antraten, hat Anton ihn betrogen. Sich sogar Punkte erschummelt, indem er die Anzeigetafel manipulierte.

Und er hat auch immer behauptet, seine Kugel liege näher am Schweinchen.

Obwohl Anton Alrot sonst so ein generöser Mann war und stets alle seine Freunde einlud. Nicht nur an seinem Geburtstag. Da hat er Svenne nämlich vor versammelter Festgesellschaft abgekanzelt wie einen kleinen Schuljungen.

Und wie haben die Kriminalen den Täter überführt?

Die Socke war gestopft. Sie hatte ein Loch in Gelb. Und der Faden, mit dem das gestopft worden war, fand sich in Svenssons Appartement in der Calle Naval.

Pech gehabt, Svenne.

Ulla war über den Ausgang keineswegs glücklich. Sie hat nach ihrer Freilassung den nächsten Flieger nach Stockholm genommen. Nie wieder Las Palmas. »Soll sich diese Chilenin um die Leiche kümmern!«, hat sie zum Abschied gesagt. Sie war ziemlich sauer. Dabei konnten Bo und ich doch wirklich nichts dafür.

Wir gingen nach der Lösung des Falls mit José essen. In ein Lokal in der Altstadt, Nähe der Plaza Alameida. Tapas und andere Kleinigkeiten. Die Wirtin hieß Rebecca. Genau wie ich. Hatte einen Haarschnitt wie Cleopatra. So einen wollte ich mir auch zulegen, wenn ich wieder in Stockholm ankam. Dann würden alle schwedischen Cäsaren sich nach mir umdrehen.

Und nicht nur die.

Aber erst musste ich meine erste Kriminalreportage schreiben.

Last Exitus Las Palmas, sollte sie heißen. Oder so ähnlich. Nicht nur *Dagens Nyheter* hatte bereits angefragt. Denn der Fall war ja wirklich spektakulär. Wenn ein Prominenter in eine Geschichte verwickelt ist, dann werden die Schlagzeilen immer dicker als die Butter auf dem Brot des Ministerpräsidenten. Und diesmal waren Täter und Opfer beide Promis. Jeder auf seine Weise.

Bist du ein Promi in deinem Land

Weiter kam Bo nicht. Er hat mir versprochen, in den nächsten Monaten nur noch Einzeiler zu reimen. Mal sehen, ob er sich dran hält.

Wird alles über dich bekannt.

Maj Sjöwall:

Das Mädchen, das nicht dünn sein wollte.

Es war einmal ein Mädchen, das hieß Katerine und war sieben Jahre alt. Sie wurde Trine genannt.

Trine hatte keine Geschwister und wohnte mit ihren Eltern in einer ganz gewöhnlichen, aber ungewöhnlich gut aufgeräumten Dreizimmerwohnung in einem ganz gewöhnlichen Haus in einer ziemlich gewöhnlichen Stadt. Sie dachte, dass es schön sei, keine Geschwister zu haben, weil sie gern in Frieden gelassen wurde.

Die Mama hieß Rut und der Papa Knut. Mit Nachnamen hießen sie Spjut. Trines Papa war irgendein Direktor, und die Mama ging in eine Art Schule, weil sie irgendwas werden wollte. Trine ging in die erste Klasse und wusste nicht, was sie werden wollte.

Ihre Eltern wollten nur, dass ihre Tochter dünn werde.

Trine war nämlich dick, oder auf jeden Fall ganz schön rund. Sie selbst hatte nichts dagegen, korpulent zu sein. (Sie hatte in einem Buch gelesen, dass das ein feineres Wort für dick sei, und so dachte sie von sich, sie sei korpulent.) Wenn sie jemand reizte und zum Beispiel Dickwanst nannte, dann ging sie entweder gar nicht darauf ein oder antwortete: »Und Du? Oller Spargel!« oder etwas in der Art.

Aber das Traurige war, dass Mama und Papa meinten, sie sei geradezu feist, und fette Menschen seien das Hässlichste, Ekligste und Widerwärtigste, das sie sich vorstellen konnten. Deshalb aßen sie auch so gut wie nichts und waren alle beide spindeldürr. Schlank nannten sie das, weil es so in allen

Wochenzeitschriften stand, die sie lasen und die bergeweise überall in ihrem Wohnzimmer herumlagen.

Werde schlanker mit der Möhrenmethode und *Werde schlank bis zum Sommer* und *Werde schlank bis zum Winter* und *Schlank und schön in 20 Minuten*, so stand es in allen Zeitschriften. Rut und Knut hungerten und machten Gymnastik und wurden dünner und dünner. Sie lagen Trine ständig in den Ohren, dass sie weniger essen und spillerig und so schön wie die Eltern werden müsse.

Aber Trine fand essen prima. Sie aß für ihr Leben gern, egal was, Hauptsache, es war gut. Zu Hause bekam sie nie etwas Richtiges zu essen, nur so'n Zeug, wovon man nicht dick wurde. Salat und Gurke und fettarme Sauermilch waren das Einzige, was man bei Familie Spjut im Kühlschrank fand.

Trines Eltern konnten nicht verstehen, warum Trine nicht abnahm, sondern mit jedem Tag eher runder zu werden schien. Zu Hause aß sie doch nicht mehr als sie selbst, und sie wurden ja immer dünner und – wie sie selber dachten – schöner. Gewiss konnten sie nicht verhindern, dass Trine in der Frühstückspause etwas in sich hineinstopfte, sagten sie abends zueinander, als sie dasaßen und sich ihrer dicken Tochter schämten, während sie sich in ihren Wochenzeitschriften all die schönen und mageren Menschen anschauten.

Was sie nicht wussten, war, dass Trine ihre Freunde hatte. Ja, sie wussten selbstverständlich, dass sie Klassenkameraden hatte, auch wenn sie sie nie gesehen hatten, denn Trine durfte ihre Freunde niemals mit nach Hause bringen, weil sie ja die Wohnung in Unordnung hätten bringen können. Doch kannten sie auch nicht all die Freunde, die Trine auf dem Heimweg von der Schule traf.

Und das war ein Glück, wie Trine es gelang, nicht zu verkümmern und zu verhungern.

Wenn Trine aus der Schule kam, musste sie zuerst über einen Platz, meistens war sie in Gesellschaft von Rosie, ihrer besten Freundin. Auf der anderen Seite des Platzes ging jede in ihre Richtung, aber erst schauten sie bei Rosies Mama vorbei, die als Kaltmamsell in einem Hotel gegenüber der Schule arbeitete. Eine Kaltmamsell ist eine Künstlerin des kalten Büffets, die schöne belegte Brote macht, die man im Restaurant bekommt. So durften Trine und Rosie sich in die kalte Küche setzen und stilvoll dekorierte Brote mit Shrimps und Schinken und Leberpastete und Käse und kalten Fleischklößchen essen, während sie mit Rosies Mama plauderten und ihr bei der Arbeit zusahen. Manchmal, wenn sie keine Zeit für die beiden hatte, gab sie jeder ein Stullenpaket, das sie sich dann in ihre Schulranzen stopften. Dann setzten Rosie und Trine getrennt ihren Heimweg fort.

Ein Stadtviertel weiter hatte Trine einen Freund, der Tom hieß und der »Tomate« genannt wurde. Er arbeitete in einem Keller, in einem Obst- und Gemüselager. Dort duftete es nach Äpfeln und Apfelsinen und erdigen Kartoffeln und allem möglichen anderen, und Trine setzte sich auf eine Holzkiste und konnte so viel Obst essen, wie sie wollte, während Tomate mit seinen Zwiebelsäcken und Bananenkartons hantierte und schwätzte und pfiff und Trine lustige Geschichten erzählte. Bevor sie ging, stopfte Tomate ihr eine Tüte mit Obst in die Schultasche.

Trines Schultasche war ungewöhnlich groß – sie hatte zu ihrer Mama gesagt, dass es sehr modern sei, eine große Tasche zu haben, und weil Mama es hasste, unmodern zu sein, bekam Trine eine *große* Tasche.

Dann ging Trine weiter durch einen weiten Park. In einer Ecke des Parks befand sich ein Imbiss. Auch Wurst-Helge war ihr Freund, und für ihn machte sie immer Besorgungen im etwas entfernten Tabakladen. Wenn Helge seine Zeitung oder seine Zigaretten bekommen hatte, bekam Trine ihre Wurst. Eine dicke Bratwurst mit Kartoffelbrei und Senf und Ketchup. Und eine Flasche Schoko-Milch, die sie zur Wurst trank, und eine Limo, die sie in die Schultasche tat. Sie saß immer auf der Parkbank und aß, während sie die Vögel mit altem Brot, das sie von Helge bekam, fütterte.

Dann war Trine fast satt.

Der Schulranzen wurde ziemlich schwer, gut, dass das letzte Stück des Wegs einen Hang hinabführte. Dort lag eine Konditorei. Wenn Trine vorbeikam, stand der Bäcker immer schon in der Tür und kühlte sich ab, weil er für diesen Tag mit dem Backen fertig war. Durch die Tür strömte der herrliche Duft von frisch gebackenem Brot und Kuchen. Trine verlangsamte ihren Schritt, um den Duft einzusaugen.

»Hej Trine, warte mal«, pflegte der Bäcker zu sagen. »Ich glaube, ich hab Glück gehabt, dass mir heute etwas Gebäck kaputt gegangen ist, und es wäre ja schade, wenn man es wegwerfen müsste.«

Und so bekam Trine eine Tüte mit zerbröckelten, aber köstlichen Keksen, die sie in ihre Tasche hineinstopfte, und auf die Hand ein warmes Zimtbrötchen zum gleich Genießen. Dieses reichte in der Regel genau bis vor ihre Haustür.

Dann war Trine satt und die Tasche proppenvoll mit guten Sachen. Die würde sie in ihrem Zimmer verstecken und essen, wenn sie sich schlafen gelegt hatte. Der Abend war gerettet.

Am letzten Tag vor den Sommerferien kam Trine von der Schule nach Hause mit ihrer großen, schweren Tasche, nachdem sie all ihre Freunde besucht hatte. Sie war etwas betrübt, weil sie in den Ferien mit ihrer Mama und ihrem Papa auf dem Land sein würde, und sie wusste, was das bedeutete. Keine guten Stullen, keine Wurst, keine Brötchen, sondern fettarme Sauermilch zum Frühstück, Salat zum Mittagessen und bestenfalls etwas gekochten Fisch ohne Kartoffeln und Soße zum Abendbrot. Die ganzen Sommerferien lang!

Rut und Knut waren zu Hause, weil sie auf eine Hochzeit eingeladen waren und sich beide frei genommen hatten. Nun waren sie dabei, sich für das Fest fein zu machen. Trine brauchte sich nicht fein zu machen, weil sie nicht eingeladen war. Sie sah einem schönen Abend entgegen. Ganz für sich allein.

Nachdem sie die Stullen und die Limo und die Äpfel und das Gebäck im Geheimfach in ihrem Zimmer versteckt hatte, ging sie zum Pullern ins Bad. Papas Bademantel hing draußen an der Tür. Sie hörte, wie das Badewasser aus der Wanne ablief, aber sie musste so dringend und öffnete vorsichtig die Tür.

Gerade, als sie ins Badezimmer trat, sah sie ihren Papa mit dem letzten Badewasser durch den Abfluss im Wannenboden flutschen. Er war nämlich genauso dünn wie die Kordel seines Bademantels und hatte einen betretenen Gesichtsausdruck, als er mit einem »Schlurf« verschwand.

»Oh wei«, sagte Trine und ging ins Schlafzimmer, um Rut zu berichten, was mit Knut passiert war.

Trines Mama stand nackt im Sonnenschein vor dem offenen Fenster mit dem Fön in der Hand. Sie hatte ein weißes Netz über den Rollen im Haar geknippert und sah aus wie eine verblühte Pusteblume, ihr Körper wie ein Stängel und ihr Kopf wie ein runder, fluffiger, weißer Ball. Gerade, als Trine die Tür öffnete, schaltete ihre Mama den Fön ein. Der Luftstrom des Föns traf sie, und sie hob vom Boden ab und schwebte durchs Fenster hinaus. Trine sah, wie sie flatterte, leicht wie eine Feder in den blauen Sommerhimmel, über die Dächer hinweg in die Richtung, wo das Meer lag. Und dann war sie verschwunden.

Trine wartete einige Tage.

Nachdem sie eine Woche gewartet hatte, ohne dass ihre Eltern zurückgekommen waren oder von sich hatten hören lassen, begriff sie, dass ihr Papa mit dem Badewasser ins Meer hinausgeflossen und mit der Strömung an irgendeinen Strand auf der andere Seite des Meeres getrieben und dass ihre Mama mit dem Wind in dasselbe ferne Land fortgeweht worden war. Und sie sich entschlossen hatten, dort zu bleiben.

Trine hoffte, dass sie in einem Land gelandet waren, wo die Menschen nackt herumliefen, denn weder Knut noch Rut hatten ja irgendwelche Kleider an, als sie wegsegelten.

Trine war satt und zufrieden, und so lebte sie glücklich und korpulent und elternlos bis an ihr Lebensende.

Jürgen Alberts:

Die Länge der Nase der Lügen

Es ist nicht einfach, mit voller Überzeugung zu lügen. Jeder Mensch lügt bis zu zweihundert Mal pro Tag, sagen amerikanische Wissenschaftler. Na gut, wenn man George Bush als Präsidenten hat.

Also, ich hatte mir vorgenommen, mal einen ganzen Tag zu lügen. Bewusst, zielsicher, frech. Absichtsvoll. Nicht diese kleinen Dauerlügen, die wir uns so leisten. Wie gesagt, bis zu zweihundert Mal pro Tag. Ich wollte mal sehen, ob ich das durchhalten würde.

Der erste Anruf an meinem Lügentag kam von der Bank. Der Angestellte fragte, was ich denn zu tun gedenke, um mein Konto auszugleichen. Wieso? Na ja, da seien 7000 Euro Miese drauf, und irgendwann wolle die Bank auch mal wieder ein paar Einnahmen sehen. Ich kannte eine sehr witzige Antwort auf diese höchst ungebührliche Nachfrage, aber die gehört jetzt nicht hierher.

»Heute Nachmittag oder spätestens morgen bekomme ich eine Überweisung aus den USA, dürften rund 700.000 Dollar sein.«

»Ooh«, stöhnte der Bankmensch, »da muss ich mich für meinen Anruf entschuldigen.« Und legte auf.

Ziemlich ungewöhnlich, dass ein Banker sich bei einem Kunden entschuldigt. Finden Sie nicht?

Hatte also geklappt. Eine dicke Lüge, und schon stand ich prima da.

Wer würde als Nächstes anrufen? Ich wollte zunächst am Telefon erproben, ob mein Experiment gelang.

Die Telekom, mal wieder. Eine unerotische Frauenstimme. Wann ich den neuen Tarif haben wolle, der sei viel günstiger – und kostenlos telefonieren in die ganze Welt. Sogar nach Hawaii.

Da kannte ich zwar niemanden, aber das sagte ich nicht. »Gut, dass Sie anrufen«, erwiderte ich stattdessen gelassen, »ich brauche zehn neue Anschlüsse«, ich wartete ihre Reaktion ab, »natürlich mit den neuen Tarifen.«

»Die Formulare gehen gleich an Sie raus.«

Na bitte, eine Frau beglückt. Kostenlos und sogar per Telefon.

Der Tag hatte perfekt angefangen.

Nun muss ich mal etwas einfügen, damit Sie wissen, wie ich auf den Gedanken kam, vierundzwanzig Stunden lang zu lügen.

Ich arbeite in einem Tierheim. Und zwar an den schweren Fällen. Da gibt es depressive Hunde und ziemlich exaltierte Katzen, alles durchgeknallte Exemplare ihrer Art. Ich habe die Aufgabe, mit ihnen zu reden und sie wieder auf den Boden der Tatsachen zurückzuholen. Also zum Beispiel, dass sie momentan nicht gerade in einer Villa logieren, wo sie gehätschelt und getätschelt werden, sondern in diesen beschissenen Käfigen unseres Tierheims. Manchmal bin ich stundenlang mit einem Tier zugange, bis es dann willig mit dem Kopf nickt und von meinem Sofa hopst.

Und? Glauben Sie das?

Na gut, das war ein bisschen geflunkert.

Ich arbeite bei den städtischen Wasserwerken und drehe frühmorgens den Hahn auf und kurz vor Mitternacht wieder zu. Als Stellvertreter des örtlichen Bezirksleiters, der rund zwanzig Jahre jünger ist als ich. Wenn die Karriereleiter geräuschlos in sich zusammensackt, kommt man schon mal auf solche Ideen, so einen Lügentag einzulegen.

Nächster Anruf: Mein Chef. Konnte ja nicht anders sein. Wo ich denn bliebe? Warum ich mich nicht krank gemeldet habe? Wer denn heute Morgen den Hahn aufdrehen solle?

Okay, das mit dem Hahn hat er nicht gesagt.

»Ich bin schon auf dem Weg, Herr Bodelblohm, schon auf dem Weg. Aber mein Fahrrad hatte einen Platten, der musste erst mal beseitigt werden.«

Huch, geschafft. Das war knapp.

Bodelblohm war's zufrieden. Was sollte er auch sonst machen. Wahrscheinlich hatte seine Sekretärin schon den Hahn ...

Zur Arbeit gehen? Danach war mir an diesem Lügentag nun gar nicht. Ich lenkte meine Schritte ins Städtchen. So nennen wir bei uns den Marktplatz mit seinen drei Geschäften. Aldi, Lidl, Penny.

Ein Polizist radelte mir über den Weg.

»Nichts zu tun?«, rief er, noch zehn Meter von mir entfernt.

»Heute frei«, log ich.

»Sie Glücklicher!«

Sehen Sie, was für eine Wirkung forsches Lügen hat. Man muss sich einfach nur mal trauen.

Ein Morgen ohne Arbeit hat ja auch was, ganz gewiss. Ich schlenderte durch die Straßen und schaute, wen ich als Nächstes belügen könnte.

Die Marktfrau: Geben Sie mir dreißig Kilo vom Blauen Schweden? – Aber so viel hat sie leider nicht vorrätig.

Den Postboten: Der Brief, den Sie mir gestern gebracht haben, war über vierzehn Tage unterwegs. Inzwischen ist die Person, die ihn geschrieben hat, schon verstorben. – Geht auch nicht! Was kann der Postbote dafür?

Den Fahrer des Bierverlegers. Kennen Sie das Wort noch? So nannte man früher einen Brauereichef: Liefern Sie doch bitte an die folgende Adresse ein Hektoliter-Fass Pils. – Das soll es mal gegeben haben, ehrlich, jemand hat sogar seinem verhassten Nachbarn einen Elefanten per Bahn anliefern lassen. Aber mir fiel so schnell kein Adressat sein, den ich damit beglücken konnte.

Gar nicht so einfach, jemanden am helllichten Tage frech belügen zu wollen. Nachts müsste es leichter sein.

Ich setzte mich zu einem frühen Mittagsimbiss in die *Marktschenke*. Nach dem Essen fragte die Bedienung, ob es geschmeckt habe.

»Nö«, erwiderte ich, »erstens war die Suppe kalt, zweitens die Nudeln verkocht, und der Nachtisch stammte von der BASF.«

»Wollen Sie denn zahlen?«

»Nö!«

»Das müssen Sie mit dem Chef ausmachen!«

Kurz darauf stand ein breitschultriger Mann neben meinem Tisch. Ich wiederholte meine dezidierte Essenskritik, die nicht mal nur gelogen war.

»Gut«, sagte er, »dann zahlen Sie eben nicht, aber nur unter einer Bedingung, dass Sie es nicht weitersagen.«

Ich log, indem ich zusagte. Das Weitersagen ist hiermit geschehen: Das Lokal hieß *Marktschenke*. Es ist zu recht pleite gegangen.

Kurz nach eins.

Unser Städtchen hatte sich dermaßen entleert, dass ich nur noch die drei Linden vor dem Altersheim oder den Wind in deren Wipfeln oder das holprige Pflaster vor dem Friedhof hätte belügen können.

Darum wollte ich mal sehen, was denn so in der Bank los war. Meine erste Lüge musste sich ja wohl herumgesprochen haben.

Schon als ich die Tür mit einem kräftigen Schubs aufstieß, drehten sich alle Köpfe zu mir um.

»Es ist da!«, rief der Bankdirektor und eilte mit schnellen Schritten auf mich zu, um mir persönlich die Hand zu schütteln.

Ich stutzte ein wenig.

»Wie Sie gesagt haben, das Geld ist telegrafisch eingegangen. Schon Ihrem Konto gutgeschrieben.« Er wies den Schalterbeamten an, rasch einen Auszug zu drucken. Und katzenfreundlich zu mir: »Kommen Sie doch durch, in mein Büro, damit wir beide mal schauen, was wir Gutes mit dem Geld anstellen können.«

Mir war ein wenig blümerant. Hatte der Nachtisch neben BASF-Chemie noch weitere Ingredienzien gehabt?

Im Büro des Filialleiters war es gemütlich. Da ich meist nur Schulden vorzuweisen hatte, war mir dieses Heiligtum bisher versperrt geblieben.

Der Kontoauszug war überwältigend. Ich saß auf einem gut gepolsterten Stuhl, sonst hätte es mir die Beine weggeschlagen.

700.000 Dollar minus meiner 7000 Euro Miese machte ... na ja, Sie können ja selbst rechnen.

Der Bankdirektor sprach von Privatanlegern und professionellen Kunden, ab sofort zähle er mich zu letzteren, von Optionsscheinen und Spekulationsgewinnen, von Terminbörsen und Nachschusspflichten, Triple-A-Zertifikaten, Hedgefonds und rosigen Aussichten.

Ab und zu blickte ich auf die Zahl auf dem Kontoauszug. Aber ich verzog keine Miene. Auch eine Art zu lügen, oder?

Ich ließ mir umfangreiches Informationsmaterial mitgeben, nichts überstürzen, aber versprach dem Bankdirektor, lukrative Geschäfte mit ihm machen zu wollen.

»Gehen Sie davon aus«, sagte er zum Abschied, »dass wir unser Geld in weniger als vier Jahren verdoppelt haben werden.«

Na, wenn das nicht gelogen war ... Und wieso unser Geld? Ich steckte den Kontoauszug ein. Man konnte ja nie wissen.

Jetzt ein Gläschen Champagner oder etwas ähnlich Köstliches. Nachdem ich zu Mittag nur lauwarmes Mineralwasser zu mir genommen hatte.

Ich ging zu Maxie's und bestellte mir einen Islay Single Malt Whisky Laphroaig, das Gläschen zu 15 Euro.

Die junge Bedienung musterte mich. Ich konnte Gedanken lesen: Was hat der alte Sack wohl zu feiern?

»Wenn Sie auch einen haben woll'n, bedienen Sie sich. Ich lade Sie ein. Heute ist mein Glückstag.«

Sie roch erst an dem Gesöff, das ein bisschen nach Verbandszeug schmeckte. Aber nur beim ersten Schluck. Dann stießen wir an.

Drei weitere Runden folgten.

Mitgerechnet? 120 Euro – jawoll, genau so viel hatte ich im Portemonnaie. Ich konnte ihr ja schlecht den Kontoauszug hinhalten und dann anschreiben lassen.

Zu Hause angekommen klingelte das Telefon Sturm. Was sag ich, Orkanstärke 10!

Der Anrufer kannte meinen Namen. »Kommen wir gleich zur Sache«, knarrte er. Irgendwie kam mir diese Stimme grellgelb vor. »Sie werden ja wohl nicht gedacht haben, dass wir Ihnen so eine Summe fürs *dolce farniente* überweisen oder dafür, dass Sie die Bedienung im Maxie's besoffen machen.«

»Da muss ich Ihnen recht geben«, erwiderte ich, und das war nun wirklich nicht gelogen. »Woher wissen Sie, wo ich wohne?«

»Wir wissen alles über Sie. Alles. 700.000 Dollar minus 7000 Euro. Sie arbeiten beim Wasserwerk in nicht gerade gehobener Position, und Sie sind bereit, für diese Kohle ein Risiko einzugehen. Das haben wir alles gecheckt.«

»Welches Risiko?« Ein bisschen genauer wollte ich das schon wissen.

»Das erfahren Sie noch früh genug.«

Es knackte. Leitung tot. Futsch, die gelbe Stimme.

Nun ja, dachte ich. Hätte schlimmer kommen können. Leider war die Bank schon zu, sonst hätte ich, sagen wir, 200.000 Dollar abgehoben und wäre an den Flughafen gefahren. Hawaii oder so was Ähnliches. Gute Idee, was?

Ich rief den Bankdirektor zu Hause an.

Ja, aber sicher, natürlich, ja, gehe klar, für welchen Fonds ich mich denn entschieden hätte. Ich log ihn an und sagte, die Hälfte der Summe würde ich im Einlageversicherungsfond des Bundesverbandes deutscher Banken platzieren, und 200.000 Dollar bräuchte ich sofort.

»Ooh«, stöhnte der Bankdirektor, aber er versprach, in zwanzig Minuten mit der Summe vor meiner Tür zu stehen.

Ich packte den Koffer. Was musste man nach Hawaii mitnehmen? Vielleicht ging auch heute gar kein Flug mehr dahin.

Quatsch! Koffer, wozu denn? Überall konnte man alles neu kaufen, und zwar das, was man dort brauchte. Pass, Führerschein, Kreditkarte. Nicht zuletzt die EC-Karte meines gut gefüllten Kontos.

Dann klingelte es zweimal. Telefon oder Tür, das war die Frage.

Ich entschied mich für Tür. Da stand der Bankdirektor und hielt mir einen handlichen Lederkoffer hin. Er ließ die Schlösser aufspringen. Tja, und da lagen sie, die *greenbacks.* Angetreten zum sofortigen Verbrauch.

»Zweihunderttausend?«, fragte ich mit bemühter Stimme.

»Zweihunderttausend«, kam die prompte Antwort.

Der Bankdirektor wies mit dem Kopf in Richtung Telefon. Dort hatte sich ein Hurrikan gebildet.

»Lassen Sie nur«, log ich, »meine Tante, die ruft jeden Tag um diese Zeit an, weil sie wissen will, ob ich am Abend was vorhabe und warum ich sie nicht mal besuchen komme.«

Ich zupfte ein paar grüne Scheine aus dem Koffer und steckte sie dem Bankdirektor in die Brusttasche. »Für den persönlichen Service.«

»Wär' nicht nötig gewesen«, meinte er etwas verlegen, machte aber keine Anstalten, die Dollars wieder herauszufischen. Er hatte wohl keine Hand frei.

»Ich meld mich dann morgen«, zwinkerte ich, »dann machen wir den Vertrag.«

Er übergab mir den Koffer. »Dürfte ich fragen, was Sie mit dem vielen Bargeld machen werden?«

»Nein!«, antwortete ich umgehend, »dürfen Sie nicht.«

»Geht mich ja auch nichts an!«

»Eben!«

Wir verabschiedeten uns.

In der kurzen Pause, in der das Telefon nicht klingelte, rief ich ein Taxi. Von der Garderobe nahm ich Hut und Schirm, so was konnte man immer gebrauchen, steckte mir ein bescheidenes Bündel Dollars in die Tasche. Es konnte losgehen.

»Zum Flughafen«, rief ich dem Taxifahrer zu.

»Klasse Fuhre«, kam es zurück.

»Ein bisschen plötzlich«, setzte ich nach. »Ich will die Abendmaschine nicht verpassen.«

Er beschleunigte. »Wohin soll es denn gehen?«

»Sydney oder ...« Wie kam ich denn jetzt nur auf Sydney?

Da sah ich im Rückspiegel die schwarze Limousine.

»Werden Sie verfolgt?«, fragte der Taxifahrer, der noch einen Zahn zulegte.

»Ich nicht, vielleicht Sie.« Ich machte mir so meine Gedanken. Hätte vielleicht doch ans Telefon gehen sollen, um zu erfahren, welches Risiko ich für dieses nette Sümmchen einzugehen hatte. Witwenerfreuung, kompromittierende Fotos, Nachbarbedrohung, nächtliche Ruhestörung, Auftragsmord? Mir fiel eine ganze Reihe von Möglichkeiten ein.

»Wir nehmen einen Schleichweg!«, sagte der Taxifahrer.

»Nein, nicht!«, fuhr ich ihn an.

»Da kann ich den abhängen! Glauben Sie mir.«

»Na gut«, willigte ich ein.

Der Schleichweg ging durch ein Schrebergartengebiet, linksrum, rechtsrum, über kiesbestreute Wege. Ab und zu spratzte ein Fußgänger zur Seite. Der Fahrer hatte seinen Spaß.

Ich drehte mich ein paar Mal um. Unser Verfolger war weg. Das war knapp gewesen.

Airport 2 Kilometer.

Ich war ein wenig schläfrig, aber der schmale Koffer auf dem Schoß hielt mich wach. Wo wollte ich denn nun eigentlich hin? Hawaii, Sydney, auf gar keinen Fall. Vielleicht New York, ins Land der *greenbacks,* oder nach Harrisburg, die haben da so ein schönes Atomkraftwerk.

»85 Euro«, sagte der Fahrer.

Wir standen vor dem Flughafengebäude.

Ich reichte ihm 150 Dollar.

Er rechnete und rechnete. Und in diesem Augenblick tauchte die schwarze Limousine hinter uns wieder auf. Parkte so eng neben uns, dass auf meiner Seite an kein Aussteigen zu denken war.

»Tja«, sagte der Taxifahrer, »da werden Sie ihr Geld ja schnell wieder los.« Er drehte sich langsam um. »Am besten Sie übergeben mir gleich den Koffer. Dort drüben fährt der Flughafenbus in die Stadt zurück, von dort werden Sie bestimmt mit öffentlichen Verkehrsmitteln nach Hause kommen.«

So, dachte ich. Jetzt musst du ganz schnell handeln. Ich rückte auf die andere Seite, riss die Tür auf, sprang mit dem Koffer unterm Arm aus dem Wagen und rannte in die Abflughalle. Lufthansa, Air Berlin, Ryanair.

Am Schalter von United Airways fragte ich, wohin der nächste Atlantikflug gehe. Die freundliche Dame antwortete nicht, sondern wies mit dem Kopf auf die beiden Herren, die hinter mir auftauchten.

Der eine war so groß wie der Tower, und der andere hatte die Ausmaße des römischen Kolosseums.

»Den Koffer!«, raunzte der Tower.

Was sollte ich tun? Ich reichte ihm das gute Stück. Mir blieben die paar Penunzen, die ich mir zu Hause eingesteckt hatte. Hätte ich doch den Bankdirektor nicht so großzügig ... zu spät.

Das Kolosseum kam ganz dicht an mein Ohr ran: »*Abbiamo lavat' i nostri mani!*« Was immer das heißen sollte ... Irgendwas mit Waschen und Händen.

»Wollen Sie jetzt noch wissen, wohin der nächste Flug geht?«, die Dame am Schalter musterte mich wie einen Langzeitknacki: »Nein? Nicht? Dann machen Sie den Platz für den Nächsten frei.«

Geschlagen verließ ich die Abflughalle. Morgen wieder Wasserhahn aufdrehen, dachte ich.

Und? Haben Sie mir das alles geglaubt, was? Ja? Natürlich, so eine Geschichte glauben Sie nur zu gerne. Sie sind zu gutgläubig, meine Damen und Herren, viel zu gutgläubig.

Tod eines Multimilliardärs

Ein Krimi in zwei Stimmen

Wir haben diese Geschichte niemals erzählt. Aber jetzt sollte sie wohl verjährt sein. Nach so langer Zeit.

Die Zeitungen waren jedenfalls voll davon. Nicht nur in den Staaten. Wochenlanges Rätselraten. Dicke Balkenüberschriften. Auf beiden Seiten des Atlantiks. Sogar in unserem kleinen Schweden.

Selbstmord oder Unfall? Was anderes kam für die Presse damals nicht infrage.

Es war keines von beiden. Aber außer uns hat das niemand mitbekommen. Wirklich not a soul.

Wir hatten ein Preisrätsel gewonnen.

Die Lösung war ganz leicht. Ich *hab sie gefunden. Aber worum es ging? Keine Ahnung mehr.*

Ist ja auch nicht so wichtig.

Wissen würde ich es schon gerne. Irgendwas mit Backpulver ... oder Heizkissen ... nein, es war was mit Bienenhonig.

Auf keinen Fall, Inger, mit Bienenhonig hatte das Lösungswort nichts zu tun. Das wüsste ich doch.

Ist ja nicht so wichtig. Aber Bienenhonig, irgendwas mit Bienenhonig. Ein Kreuzworträtsel, und das Lösungswort war ...

Also, wir hatten den ersten Preis geschnappt. Überfahrt von Southampton nach New York. Die letzte Fahrt der Queen Elizabeth. Der ersten Queen Elizabeth, versteht sich.

Bist du dir da sicher?

Ganz sicher. Cunardline. Ein riesiges Schiff. Wir waren ziemlich beeindruckt, als wir den Pott zum ersten Mal gesehen haben.

War es nicht die QE 2?

Es war die QE 1. Das kann ich beweisen. Irgendwo muss ich noch die Tickets aufgehoben haben. Aber wo? Na ja. Ist ja nicht so wichtig ... aber ich weiß ...

Schon beim Einschiffen haben wir ihn gesehen. Er saß draußen. Mitteldeck. An der Bar. Er zog eine ziemliche Fresse, zweihundert Kronen nur fürs Rasieren.

Übertreib nicht wieder. Hundert Kronen, Olaf. Hundert Kronen.

Er saß da auf einem der Deckchairs und wartete, dass die Bar öffnete. Der Mann sah aus, als habe er die Sechzig schon überschritten. Später erfuhren wir, er war erst einundvierzig.

Sicher?

Ganz sicher. Ich hab mir doch mal seinen Pass zeigen lassen.

Was du alles behalten hast! Olaf, das hätte ich nie von dir gedacht. Zu Hause weißt du nachmittags nicht, was du am Morgen gefrühstückt hast, aber das Alter dieses Mannes ... unglaublich. Übrigens: Er war fünfundvierzig. Ganz sicher. Und kein Jahr jünger. Tut aber nichts zur Sache. Erzähl ruhig weiter.

Irgendwann wurde die Bar geöffnet. Wir stiegen auf die Barhocker und bestellten unsere Drinks. Damals tranken wir am Morgen gerne Martinis mit grüner Olive, Martinis gerührt, versteht sich, auf keinen Fall geschüttelt. Da ließ der Mann seine Schachtel Zigaretten zu Boden fallen und sagte zum Barmann: »Geben Sie mir meine Zigaretten!« Der Barmann blieb ganz ruhig und mixte unsere Drinks. Darauf er: »Meine Zigaretten sind zu Boden gefallen. Heben Sie sie auf!« Der Barmann tat so, als habe er ihn nicht verstanden. »Jetzt heben Sie verdammt noch mal die blöde Schachtel auf!« Keine Reaktion. Nur die Eiswürfel klirrten im Glas. Der Mann schreit: »Soll ich etwa ausrasten?« Der Barmann sieht ihn an, als stehe ein Nackter vor ihm. Der Mann rutscht vom

Hocker: »Ich raste jetzt aus!« Hysterisch wie ein Fünfjähriger. Dann ging er hoch erhobenen Hauptes aus der Bar. Die Schachtel blieb auf dem Boden liegen.

Der Barmann verzog keine Miene. Trotzdem sah man ihm an, dass er innerlich tobte. Er hat den Vorfall auch nicht weiter erwähnt. Die Zigarettenschachtel hat er in den Abfalleimer geworfen.

Nichts da, Inger. Er hat sich die Schachtel angesehen, ganz genau angesehen und sie dann mit einem Grinsen eingesteckt. Das weiß ich noch wie heute.

Ich hab ihn *nicht* grinsen sehen. Der war nur ziemlich sauer.

Aber er hat sich die Zigaretten eingesteckt. War irgendeine Marke mit 'nem Goldrand. Ist ja nicht so wichtig.

Beim Abendessen wurden wir an den Tisch des Chefstewards platziert. Neben dem Mann. Der war schon wieder stocksauer, weil er gehofft hatte, am Kapitänstisch zu sitzen. »Das steht mir zu, goddamnit«, hat er immer wieder gesagt. Wir fragten ihn nach seinem Namen. »McGrant«, knurrte er. »Und wo leben Sie?«, wollte ich wissen. »In McGrant, selbstredend.« Ihm gehörte die Stadt. Was sag ich, die Bank, das Theater, die Gebäude, die Politiker, einfach alles, was Sie sich denken können.

Es ist eine Stadt in Mississippi. Sein Ururgroßvater ...

Olaf, du sollst nicht übertreiben. Wie oft muss ich dir das denn noch sagen?

Sein Ur...vater hat McGrant gegründet und dann ist sie von Vater auf Sohn auf Enkel auf ... also immer weiter vererbt worden. Bis auf diesen McGrant eben, der da neben uns am Tisch saß.

Der Mann war Multimilliardär. Hat er in jedem dritten Satz betont. Ihm gehörte die Stadt mit zehntausend ausschließlich weißen Einwohnern, auch die Bediensteten sind alles Weiße gewesen. Natürlich kontrollierte McGrant die Politik, den Bürgermeister hat er selbst eingesetzt. Es gab keinen Angestellten in der Stadtverwaltung, der nicht vor ihm Kotau machen musste. Alles seins, überall hatte er seinen Stempel drauf. Auf jedem Stück Vieh sein Brandzeichen. McGrant liebte seinen Bentley, obwohl er den Rolls Royce vorzog, auch wenn er die Cadillacs amerikanischer fand.

Er hatte zwanzig Cadillacs.

He? Wie bitte?

Zwei, meine ich. Er hatte zwei Cadillacs.

McGrant wurde schnell zum meist gehassten Mann an Bord. Wirklich, das müssen Sie mir glauben. Die Queen Elizabeth ist ein ziemlich großes Schiff. Da gab es viele Passagiere. Ein veritables Arschloch.

Inger, bitte.

Olaf, das hast *du* damals selbst gesagt. *Ett riktigt arsel*, wie man bei uns zu sagen pflegt. Er benahm sich wie ein unverschämter Rüpel. Er hat niemals eine Tür selbst geöffnet. Er stand davor und wartete, bis jemand kam und sie ihm aufhielt.

Am unserem Tisch blieb McGrant so lange stehen, bis ein Kellner ihm einen Stuhl unter den Hintern schob.

Fast jeden Tag ließ er eine Zigarettenschachtel fallen.

Kurz: Er ist öfters ausgerastet.

Sehr oft. Er hat sich mit jedem angelegt. Nur nicht mit uns, aber wir haben ihm auch keine Gelegenheit dazu gegeben. So sehr es mich gereizt hat. Aber wann sitzt man schon mit einem Multimilliardär an einem Tisch? Und das fünf Tage lang. Und alles wegen Bienenhonig.

Es ging nicht um Bienenhonig. Da verwechselst du was, Inger. Das war viele Jahre später, bei einem anderen Preisausschreiben. An dem Lösungswort »Bienenhonig« haben wir lange geknobelt.

Daran kann ich mich genau erinnern. Aber gewonnen haben wir da wieder mal nix.

Einmal wollte ich ihn auflaufen lassen, weil er wieder so unerträglich mit einem Steward umsprang. Ich hab zu dem freundlichen Herrn gesagt: »Mister McGrant ist heute außer Laune! Er hat gerade erfahren, dass sein Lieblingspferd bei einem Rennen in Ascot zu Tode gestürzt ist ...« Der Steward schüttelte den Kopf. Und McGrant? Der lachte bloß. Als hätte ich einen besonders perfiden Witz gemacht.

Wir wollten natürlich wissen, wie jemand so ein Arsch... äh, Rüpel werden kann. So unausstehlich, überheblich, arrogant, widerlich, so hundert Prozent Ekel.

Dafür hat er ja auch bezahlen müssen.

Und womit? Mit Recht.

Also das kam so.

Das wollte ich gerade erzählen.

Du erzählst hier schon ununterbrochen.

Das ist doch vollkommener Unsinn, Inger.

Meinst du, ich höre dir nicht zu?

Du hörst niemals zu.

Das behauptest du immer, aber tatsächlich ...

Was habe ich denn gerade als Letztes gesagt?

Hundert Prozent Ekel. Mit Recht. – Na?

Dann erzähl du weiter.

Sein Vater ...

Edward McGrant.

Was soll das, Olaf?

Den Namen hättest du bestimmt nicht mehr gewusst.

Natürlich weiß ich den Namen seines Vaters. Der hieß George.

Edward.

George.

Der hieß Edward. Warum kannst du denn nicht ein einziges Mal nachgeben?

George McGrant war ein sehr starrköpfiger Mann mit hohen moralischen Ansprüchen. Er hat zu seinem Sohn gesagt: »Hier hast du ein Ticket nach San Francisco. Da fährst du hin und verdienst deine Brötchen selbst. Ein Jahr lang. Dann kommst du wieder, und dir gehört die ganze Stadt.«

Das hat Edward zu seinem Sohn gesagt! Edward, meine Liebe.

So hieß der Sohn.

Sag ich doch. Edward junior. Der Vater hat seinem Sohn den gleichen Namen verpasst.

Von mir aus. Du kannst einem wirklich die beste Geschichte versauen. Also: McGrant hat ein paar Dollars in der Tasche und einen kleinen Koffer dabei und fährt mit dem Zug nach San Francisco.

Das mit den paar Dollars hab ich nie geglaubt. Aber bitte!

Ich hab ihn gefragt, ob er sich einen Job gesucht habe. McGrant schaute mich an. »Einen Job? Einen Job? Wieso das denn?«, hat er ausgerufen. Er kommt in Frisco an und hat keinen Cent mehr. An der Bar will er unterwegs alles vertrunken haben. Da sieht er einen Sandwich-Mann am Bahnhof. Auf dem Plakat steht: Eat at FRIENDLYS, the friendly restaurant. Und darunter in kleineren Buchstaben: Try our homecooking – if not pleased it costs you nothing!

Ja bravo, das hast du alles prima behalten. Weiter, Inger!

McGrant geht in das nächste FRIENDLYS, bestellt ein dikkes Frühstück, verputzt es restlos und staucht dann den Ober zusammen, was das für ein Fraß sei. Der Chef kommt, und natürlich braucht McGrant nichts zu bezahlen. Als er rausgeht, sieht er, dass einige Kunden Trinkgeld auf den Tischen liegen gelassen haben. Das habe er sofort eingesackt, erzählte uns der Multimilliardär.

Tag für Tag hat er diesen Trick wiederholt. Es gab über hundert FRIENDLYS in San Francisco. Das hat McGrant im Telefonbuch rausgefunden. Und jedes Mal hat er nach dem Essen das Trinkgeld gemopst. Ein Ekelpaket, wie gesagt.

Aber das war nicht alles. Im Schaufenster einer Bäckerei mit dem Namen PARSLEYS stand ein Schild: A cake for free – on YOUR birthday only. Da musste man seine Identitätskarte zeigen, und wenn das Datum des Geburtstags stimmte, bekam man eine Torte geschenkt.

McGrant hat sich ein paar Hundert IDs aus seiner Heimatstadt schicken lassen, für den passenden Tag sein Geburtsdatum eingetragen. Dann ging er zu PARSLEYS, holte die Torten ab und verkaufte sie an FRIENDLYS. Auch PARSLEYS war eine riesige Kette, so dass das gar nicht auffiel.

Das Torten-Geschäft mit öffentlichen Verkehrsmitteln zu bewältigen, war McGrant zu mühsam. Also rief er ein paar Autohändler an und behauptete, seine reiche Tante wolle einen dicken Schlitten kaufen. Er müsse den aber ausführlich testen. »Kein Problem«, bekam er zu hören.

McGrant traf die Autohändler immer in der Lobby eines 5-Sterne-Hotels ...

... wo er natürlich nicht logierte ...

... machte mit ihnen eine Probefahrt und ließ sich dann für ein paar Tage die Schlüssel aushändigen, um den dicken Schlitten ausführlich zu testen.

Einen Daimler will er sogar zehn Tage gefahren haben. Aber das habe ich ihm nie geglaubt.

Am vorletzten Tag saßen wir nach dem Dinner wieder an der Bar. McGrant zog eine Fresse, dass es einer Sau grauste. Der Kapitän hatte während der Atlantiküberquerung nicht ein Mal das Wort an ihn gerichtet. Da sagt der Barmann: »Sir, die Übung beginnt morgen früh bei Sonnenaufgang. Seien Sie rechtzeitig da.«

Ich wollte natürlich wissen, was er damit meinte.

Das hätte ich dir gleich sagen können.

Ach, jetzt auf einmal! Damals hast du genauso gestaunt wie ich.

Deine Spürnase müsste man haben.

Kaum war McGrant aufs Klo verschwunden, hab ich den Barmann gefragt, was er mit dieser Übung meine. Aber der hat so getan, als habe er nie etwas davon gesagt. »Von welcher Übung sprechen Sie, Mrs. Widerberg?«, fuhr er mich an.

Da wir beide Frühaufsteher sind, haben wir gedacht, warum nicht mal nachschauen, was für eine Übung bei Sonnenaufgang beginnen soll. Wir sind also früh raus, haben an Deck gewartet.

Plötzlich kommt McGrant im Nachthemd angerannt. Hinter ihm ein junger Matrose.

Nein, er trug einen goldenen Seidenschlafanzug.

Jetzt hör schon auf, Olaf, er trug ein blau-weiß gepunktetes Nachthemd. In Modefragen hast du überhaupt keine Ahnung. Also McGrant kommt schlaftrunken an. Der Matrose zeigt ihm den Weg zu den Rettungsbooten. Legt ihm die Schwimmweste an.

Wir haben uns näher rangepirscht. »Wir lassen Sie jetzt zu Wasser, Sir!«, ruft ein Obermaat, »dann machen Sie als Einziger an Bord der Queen Elizabeth eine private Rettungsübung.« Da war er natürlich gebauchpinselt.

Wir hatten nämlich während der ganzen Überfahrt keine Rettungsübung gemacht. War ja auch die letzte Fahrt der Queen Elizabeth.

Das Boot schwingt über die Reling und saust mit einem Affenzahn aufs Wasser.

Ich springe aus meinem Versteck und sehe gerade noch, dass das Rettungsboot sofort untergeht.

Entdeckt hat uns aber niemand, auch die Matrosen nicht, die McGrant dieses kleine Vergnügen bereitet haben.

Während auf der einen Seite Ellis Island mit der Freiheitsstatue auftaucht ...

Na, na, das war schon noch ein bisschen später ...

Das ist doch nun wirklich egal, Olaf. Wir sehen das Boot kieloben an Backbord auftauchen. Die Schrift stand auf dem Kopf. Man musste sich umdrehen, um den Namen des Bootes zu lesen. Da stand doch tatsächlich: TITANIC.

»Mann über Bord«, schallte es plötzlich über das ganze Schiff. »Alle Maschinen stopp.«

Aber gefunden haben sie ihn nicht.

Und dann begann das Rätselraten: Unfall oder Selbstmord?

Keines von beiden. Aber außer uns hat das niemand mitbekommen. Dicke Balkenüberschriften. Auf beiden Seiten des Atlantiks. Sogar in unserem kleinen Schweden.

Jetzt können wir die Geschichte ja erzählen. Sie ist schon lange verjährt.

Jürgen Alberts:

Wie schreibt man mit einem Idol?

Über die Zusammenarbeit mit Maj Sjöwall

Schriftsteller werden häufig gefragt, wodurch sie zum Schreiben animiert wurden, und manche geben dann einige von ihren frühen Lese-Erlebnissen preis. Bei mir war es nicht anders. Ich habe schon immer Kriminalromane verschlungen: Mit vierzehn Jahren waren es die von Christie/Wallace/Queen – mit sechzehn Jahren Chandler/Hammett/Macdonald und mit dreißig Jahren die Romane von Per Wahlöö und Maj Sjöwall.

Das schwedische Autorenduo stand auch Pate für meine eigene, zehnbändige Polizeiroman-Serie, die in der Hansestadt Bremen zwischen 1975 und 1994 spielt.

Ich kann also sagen: Die beiden zählten (und zählen) zu den Idolen meines Genres.

1988 kam es zu einem ersten Treffen mit Maj Sjöwall in Gijón beim weltgrößten Krimi-Festival. Es war schon ein merkwürdiges Gefühl, dieser Kollegin gegenüberzusitzen und ihr »beichten« zu müssen, dass ich seit drei Jahren an einer deutschen Krimi-Serie schrieb, die ebenfalls zehn Bände umfassen sollte.

Wir verstanden uns auf Anhieb, nahmen an gemeinsamen Diskussionen über das Genre teil, ließen gemeinsam Fernsehtermine platzen, weil man uns aufforderte, mit unserem schlechtem Spanisch vor die Kamera zu treten, und entdeckten, dass wir den gleichen Whiskey mochten. (Den schreibt man mit ey – weil es irischer ist – genauer gesagt: *Paddy Whiskey*!)

1990 lud ich Maj zur Eröffnung des Krimifestivals »Prime Time Crime Time« ein, sie las eine geschlagene Viertelstunde auf Schwedisch. Sehr zur Verwunderung der über 150 Zuhörer. (Dieses Überraschungselement, natürlich sehr viel kürzer, haben wir auch später noch bei unseren gemeinsamen Abenden verwandt.) Maj hat übrigens später auch die Literarische Asservatenkammer in Bremen, die erste deutsche Krimibibliothek, eröffnet.

Im Laufe der Jahre haben wir viele Krimi-Festivals besucht, Krimi-Nächte bestritten und Lesetourneen absolviert (insbesondere auch im Osten des Landes, wo die Romane von Sjöwall/Wahlöö noch bekannter waren als im Westen) und uns immer besser kennen gelernt.

Vor zehn Jahren passierte dann etwas Seltenes: Kurz vor einer Live-Sendung sagte Maj mir, dass sie nach fünfzig Jahren ununterbrochenen Nikotin-Konsums das Rauchen aufgegeben habe – ein Wunder. (Wir haben es den Hörern gleich mitgeteilt. Versteht sich von selbst, dass es da einen großen Beifall gab.) Das war der »simple« Anlass für uns zwei Kollegen, daraus eine Geschichte zu spinnen.

Entstanden ist *The Last Smoker*, die Geschichte eines süchtigen Rauchfanatikers, der erst über dem Atlantik erfährt, dass sein Flug zu einem Nichtraucherflug deklariert wurde.

Und wie ist die Geschichte entstanden? Ganz spielerisch. Nachdem wir die Grundidee entwickelt hatten, trafen wir uns bei der nächsten Tournee, hatten ganze Tage im Zug oder im Hotel Zeit, die Fäden weiterzuspinnen, bis dann am Ende ein so dichtes Gewebe des Plots vorhanden war, aus dem ich die erste Fassung schreiben konnte. (Maj kann genügend deutsch, um sie zu lesen, und genügend englisch, um für die zweite Fassung Änderungen einzubringen.) Die Geschichte erschien in dem Heyne-Band *Die*

Sieben Todsünden und bescherte uns gleich eine weitere Lesetournee.

Auf dieser Reise kreuz und quer durch die Republik – nun schon erfahren, wie die Zusammenarbeit läuft –, haben wir den Kurz-Roman *Erbsensuppe flambiert* (erschienen im Europa-Verlag) für meine Reihe mit internationalen Gourmet-City-Krimis geschrieben.

Wer die Texte liest, sollte sich vorstellen können, wie viel Freude wir beim Erfinden der Details, beim Ausdenken der Personen, beim Planen der Wendungen, beim Ausspinnen der Handlung haben. »Ich möchte nur noch Texte schreiben, die den Leuten Spaß machen«, sagt die inzwischen 74-jährige Maj Sjöwall, »die Realität ist traurig genug. Zu viele Katastrophen überall.«

Die Rebecca-Bo-Trilogie ist entstanden aus Aufträgen, die wir bekommen haben: vom Ostfriesischen Krimifestival, etwas über Jever zu schreiben, und von Europas größtem Festival *Mord am Hellweg*, da sollte es über Fröndenberg gehen.

Und Las Palmas? Dort denken wir uns bei ein, zwei, drei Glas Cava oder Weißwein die nächste Story aus.

Und wir wissen auch schon, wo sie spielen wird. Aber das darf nicht verraten werden.

Quellen

Erbsensuppe flambiert
erschien zum ersten Mal im Europa-Verlag in der Reihe *Gourmet.City.Crime.*

The last smoker
erschien zum ersten Mal in *Die sieben Todsünden*, herausgegeben von Bernhard Matt, Heyne-Verlag

Hangover in Jever
erschien zum ersten Mal in *Fiese Friesen*, herausgegeben von Peter Gerdes, Leda-Verlag

Fröndenberger Trichtertod
erschien zum ersten Mal in *Mord am Hellweg IV*, herausgegeben von Reinhard Jahn und Herbert Knorr

Last Exitus Las Palmas
Originalveröffentlichung

Das Mädchen, das nicht dünn werden wollte
Originalveröffentlichung, Übersetzung: Kirsti Dubeck

Die Länge der Nase der Lügen
Originalveröffentlichung

Tod eines Multimilliardärs
erschien zum ersten Mal in *Morden im Norden*, herausgegeben von Jürgen Alberts, Heyne-Verlag

KBV-KRIMI

Sandra Lüpkes (Hg.)
WER TÖTETE
FISCHERS FRITZ ?
Taschenbuch, 215 Seiten
ISBN 978-3-940077-28-8
9,50 EURO

Diese Sammlung von köstlichen Kriminalgeschichten gibt bisher sinnlosen Sätzen endlich ein literarisches Zuhause: Achtzehn Zungenbrecher – bislang nur wegen ihrer Buchstabenkonstellation relevante Wortspiele – haben nun endlich einen tieferen Sinn bekommen und erleben jeweils in einem spannenden Kurzkrimi ihren großen Auftritt.
Angestiftet von Sandra Lüpkes haben achtzehn prominente deutsche Krimiautorinnen und -autoren ihrer mörderischen Phantasie freien Lauf gelassen. Mit diabolischer Lust haben Jürgen Kehrer, Regula Venske, Sabina Naber, Ralf Kramp, Angela Esser, Jürgen und Marita Alberts, Jürgen Ehlers, Tatjana Kruse, Marcel Feige, Peter Gerdes, Gunter Gerlach, Nina George und andere sich die vertrackten Wortspielchen zur Brust genommen und haben ihre Lieblingszungenbrecher in ihren kleinen kriminellen Kabinettstückchen verarbeitet. Herausgekommen ist eine vergnüglich verhaspelte, genial gestammelte Krimianthologie.

»Eine tolle Grundidee, die in den meisten Krimis clever und spannend umgesetzt wurde- echte Zungen(ver)brecher mal erfrischend anders.« (Media Mania.de)

KBV-KRIMI

Jürgen Ehlers
MANN ÜBER BORD
Taschenbuch, 247 Seiten
ISBN 978-3-940077-08-0
9,50 EURO

Von der Fähre gefallen. Sie sind draußen gewesen, letzte Nacht, mit dem Rettungsboot.
Bis zum Morgengrauen haben sie gesucht, aber nichts gefunden. Das Wasser ist kalt im April. Das hält keiner länger aus als eine halbe Stunde.
Unfall? Selbstmord? So genau weiß man zunächst nie, was sich hinter den schwarzhumorigen Kriminalgeschichten von Jürgen Ehlers verbirgt. Hier wird hemmungslos geraubt und fleißig gemordet.
Mit hanseatisch sprödem Charme beschreibt Ehlers die bedauernswerten Verlierer, die bis zuletzt an den großen Coup glauben, die liebenswerten Schlitzohren, die glücklosen Mörderinnen und die zerknirschten Ermittler. Für alle Geschichten dieses Bandes gilt ohne Ausnahme: Es bleibt spannend bis zuletzt. Nicht umsonst ist Ehlers 2005 mit dem Friedrich-Glauser-Preis für den besten deutschen Kurzkrimi ausgezeichnet worden.

»Jürgen Ehlers, Spezialist für die kriminelle Kurzgeschichte, legt ein Meisterstück vor. Die beste Kurzgeschichte des Jahres.« (Gunter Gerlach in seiner Laudatio zur Friedrich-Glauser-Preis-Verleihung)

KBV-KRIMI

Markus Bötefür
FRONLEICHNAM
Taschenbuch, 209 Seiten
ISBN 978-3-940077-53-0
9,50 EURO

Die Sterkrader Fronleichnamskirmes steht unter keinem guten Stern. Am Eröffnungsabend wird ein junger Türke niedergestochen, und nur einen Tag später reißt ein Karussellunfall drei Obdachlose in den Tod. Als während der Kirmestage die Leichen der Verunfallten verschwinden, drohen die Nerven der leidgeprüften Stadt zu zerreißen.
Im dritten Fall der Oberhausener Ermittlerin Thi Fischer entführt Markus Bötefür seine Leser in die bunte Welt der Schausteller, auf deren Existenz jedoch bedrohliche Schatten lasten. Was Anfangs wie ein tragisches Unglück aussieht, verdichtet sich mehr und mehr zu einem finsteren Schauspiel von geradezu globalen Dimensionen.
Zwischen Riesenrad und Totenhalle begibt sich die deutsch-vietnamesische Kommissarin auf Verbrecherjagd. Dabei macht ihr nicht nur eine Sommergrippe sondern auch ihr frisch gebrochenes Herz zu schaffen. Trotz aller Gefahren und Unannehmlichkeiten kann sie aber auch diesmal auf die Unterstützung ihrer „Freunde“ Dieter Brom und Doktor Molitor zählen.

»Das Buch steckt voller Witz und trockenem Humor.«
(Ruhr-Guide zu DAMENJAGD)